東坡詞‧東坡情

劉少雄 著
林玟玲 整理

前言

我的東坡詞——從林語堂談起

一

我們為東坡詞課程錄製 MOOCs 的宣傳片時，主要的外景地點選了臺北仰德大道上的「林語堂故居」。要說蘇東坡，我就先從林語堂開始說吧。

一九三六年，林語堂在美國著手準備寫一部蘇東坡的傳記，到了一九四五年才開始動筆，兩年後，一九四七年完成。撰稿時間，正是第二次世界大戰結束不久，冷戰剛開始的時期。我想，林語堂要介紹東方這樣一位作家給西方世界，應該是別有用心的。他創造了一個充滿自由浪漫精神的蘇東坡，一生對抗的是僵化的教條，迂腐的思想，和走向極權的體制。書名是 *The Gay Genius: The Life and Times of Su Tungpo*。林語堂要寫的是蘇東坡的一生及其時代，而用 gay genius 為書名，是要強調蘇東坡是位生氣淋漓、放任不羈的天才（後來中文翻譯為《蘇東坡傳》，就失去了他的原味）。這樣的天才，適逢那樣的變局，在新舊黨的夾擊下，造就了東坡苦難的一生。林語堂說「他雖然飽經憂患拂逆，他的人性更趨溫和厚道，並沒有變成尖酸刻薄。今天我們之所以喜愛蘇東坡，也是因為他飽受了人生之苦的緣故。」對於當時中國的苦難，世界各處滿目瘡痍的景象，林語堂應不至於無動於衷。雖然，他在書中的序文一開篇就說，寫蘇東坡傳記沒有別的理由，只是單純的想寫就寫了；又說他只是為欣賞這樣一位富有創造力、守正不阿、曠達任性、獨具卓見的名士，而寫作這本傳記，覺得很快樂，就是最足夠的理由。我對這說法卻持保留的態度，因為林語堂本人不可能不受到時代和個人因素的影響，不應該只是單純的喜歡做就去做，只為得到自我滿足的快感，就去寫東坡傳記的。

很多評論家都指出，這本書頗多主觀的看法，對宋代政治、學術方面的論述過於表面，且不免偏頗，而為了凸顯東坡的個性和成就，則有過度貶抑王安石之嫌；又以東坡為自由主義者，視王安石為國家資本主義者，無非是要強化他們的對立地位，卻難免失之武斷。然而，林語堂這本傳記畢竟不是嚴謹的學術著作，自毋須太過苛求，尤其他身在異邦，手邊缺乏材料，在那樣的年代，能以一己的興趣，懷著中國的情懷，快快樂樂地寫出他心目中的人文典範，讓西方社會去認識，在戰後世界文明重建的工作上，自有其意義。而現在我們若能放輕鬆一點讀這本傳記小說，也會讀到一個十分生動的人物的故事，可以感受到林語堂對蘇東坡的喜愛。林語堂享譽國際文壇，卻也曾遭遇許多無情的打擊，他說：「蘇東坡逢到悲哀挫折，他總是微笑接受。」這何嘗不也是林語堂面對人生橫逆時用以自勉的態度？書中對朝政、人事之臧否，愛恨分明，也頗能透露作者對當時中國局勢的感受，多少有點借古喻今之意。

其實，林語堂寫蘇東坡的傳記，也有著自我認同的意味。余英時〈試論林語堂的海外著述〉說：「東坡的『嬉笑怒罵皆文章』和『一肚子不合時宜』大概都是他所能認同的；東坡的曠達不羈、自然活潑，和『幽默』的品質更是他所特為欣賞的。」林語堂寫《蘇東坡傳》確實多少有點夫子自道的意思。林語堂曾直白的說：「我認為我完全知道蘇東坡，因為我了解他。我了解他，是因為我喜愛他。……我偏愛的詩人是蘇東坡。」所謂知而好之，好而樂之，最後樂在其中，彼此融合無間，說東坡也好像說自己，難怪林語堂說《蘇東坡傳》是他最滿意的一本書了。余英時也指出「它是一部最生動有趣的傳記，這是今天的西方專家所依然承認的」，因此，他認為這本書在漢學界的生命力是「所有林語堂著作中最為旺盛的」。我則以為《蘇東坡傳》所以引起廣泛閱讀的興趣，至今仍細水長流，固然是林語堂寫作的魅力，但重要的原因，應是傳主蘇東坡一生所展現的風采，本來就引人入勝。

林語堂說：蘇東坡是「具有現代精神的古人」。我們今天仍然愛讀東坡作品、喜歡聊東坡的生平故事，不但沒有隔閡，甚至感到親切，並且覺得它仍有可以學習的地方，充滿啟發的意義，正因為它有超乎個人的普遍性的恆久價值，富有「現代性」的精神，呼應著不同世代的人類心靈，彼此跨越時空，仍能同情共感。換言之，東坡的人性和文學之美善本質，可以超越時空，如天上的星光，雖然是已逝的光芒，卻依舊照耀於光年之外，讓人仰望，並可發現，它依然存在，在我們的心靈裡，它不曾消失。「但願人長久，千里共嬋娟。」東坡當年寫給子由的詞，賦予天上的月亮一種溫情，一種超越時空的恆久性的意義。九百多年後的今天，我們讀東坡的作品，就好像欣賞那輪明月，不會覺得遙遠，依然感到它的美好和溫馨。

二

我年輕時就喜歡蘇東坡，讀了林語堂的《蘇東坡傳》，則加深了對東坡的認識，而透過他融入感情的文筆，我彷彿碰觸到東坡的情意心境，但又不知怎樣去形容那樣的體會，只是感動。那是一趟十分愉快的閱讀經驗。後來，我深入研究東坡文學，知道的更多，體會也更深，但最初的感動卻沒有忘記。

我喜歡有個性、有生命的作家及作品。我可以忍受林語堂的某些偏見，但無法欣賞那些號稱忠於史實，唯求資料詳確，卻不知今日何日，毫無現代意識，也看不出有多少個人見解的傳記著作；更厭惡那些譁眾取寵，不惜將古人降格，儘挑些迎合大眾口味的材料加以渲染的作品。我從事人文學術研究，也一樣的希望能做有生命的學問。

人文精神自有一種格調，不能以媚俗的方式來取得別人真正的喜愛與信任；文學，或人生，也無法用考據來證明它的意義，而概念化的理論是否能夠有效的闡釋真實的生命體驗，也不無疑問。我治學有所堅持，不時也有些困惑。在現代的生活中，理性固然重要，但感情卻不能偏枯，然而怎樣面對情感，讓人願意接受它，承擔它，並在愛中學習成長，將它轉化為創造性的能量，建立更完整的人格，更和諧的人際關係，讓生命得到安頓——

這不是人文學者必需不斷反思的問題嗎？不說太遠，只就我喜愛的文學來說，詩詞緣情而作，是詩人的生命體驗與創作精神的展現，但為何大部分的研究卻都走往量化、俗化之路，背離文學與人生愈來愈遠，不見了人的精神呢？一百多年前，王國維有感於晚清文學詮釋之死氣沉沉，提出境界說，以真性情為尚，他的用心可見。一百多年後的今日，詩詞研究者是否也能有所省悟，開創出回應現代的新境界呢？既然因為喜歡而選擇詩詞的教學研究工作，並且希望在文學中發現愛與美，肯定人性與創作的價值，那麼，我便無法迴避這個問題，時刻都要認真思考它的意義。

回到文本，回到人情世界，回到生命的本質，在文學中重新確認人的存在價值，是我的信念。我曾認真擬定我的教學基本理念：「文學教育，旨在分享古今中外文學家的生命情調，從而喚起自己的生命意識，重新認識自己，開發內在的潛能，並建立與人，與社會、歷史、文化的聯繫，以界定生命的意義。閱讀與聆賞，是面對自我最好的方式。我們不斷的閱讀，讀進不同作者的世界，分享他們的經驗，也讀到了自己。同時學會如何融入寫作的情境，體會文學創作的意義：作家相信文字的力量，也有與人溝通的意願，更有創造的勇氣，在限制中體悟自由的真諦。而且更重要的是，文本往返交流中，激發出閱讀欣賞的樂趣，遂能喚起人與人之間相應的情感，讓我們相信自己有突破文字藩籬的能力，並發現文字之外人情之美。」我在臺灣大學的教學內容，大抵不離這宗旨。而為了實踐一種情感教育，我選擇了詞作為題材。

我認為詩詞欣賞不只是瞭解意義而已，更是一個感動的歷程。我之所以選擇唐宋情詞作為主題，是因為男女情感最能貼近生活，最能讓人產生共鳴。我的一系列詞的通論課程（「宋詞之美」、「詞選及習作」）並不只是帶領學生純粹欣賞詩詞之美，而是希望透過詩詞中的情感內容和表現方式，喚起他們的個人經驗，以了解、省察、梳理一己的情思。「問世間，情為何物」？而我們對世間情感的體悟能有多少？對自己內在的愛恨憂喜又了解多少呢？我希望為學生講解這些詞，讓大家學習如何去聆聽、分享詞人心事，體會他們的心情，並知道怎樣去理解這些詞中的情緒，分別它們的異同。而透過對他人的了解，我相信，應該也能幫助我們進一步認識自己。

教學一段時間之後，我又想到，如果能將對人的關懷聚焦在一個自己喜歡或心儀的古代人物上，學習他面對人生的態度，跟著他成長，效果應該會更好。在宋代詞人中最能表達真摯而多種的情意，並深具倫理情懷，且最有啟發性的作家，無疑就是蘇東坡了。東坡多情，也長於思辨，在詞的世界裡，他所抒寫的情，所呈現的意境，有多樣的姿態，在出入之間，展現出各種跌宕的情懷，充滿著興發感動的力量。我們讀東坡詞，能讀到一種勇於面對生命的態度，一種自由意志和創新精神的展現。於是，我在中文系選修課和學校通識課，都開設了「東坡詞」課程，並且錄製為公開課。十多年來，選修、旁聽或在線上收看的人數甚眾，我也常常透過作業、信件或面對面的溝通，得知他們的想法與體會。而聽到學生或聽眾說，他們在東坡身上學會如何面對自己，找尋到心靈的歸宿，總是令我格外欣喜。誠如林語堂所說蘇東坡是「具有現代精神的古人」，他的一生，他的作品，隨時都可與現代的我們心靈互應，並能在交感互動中煥發出新的生命、新的意義。

三

二〇一五年臺灣大學 MOOCs 執行長葉丙成教授來我研究室，和我說：「以前每學期的學期末，我都常在臉書上看到我們電機系修你『東坡詞』課程的學生，寫文章說在最後一堂課感動落淚。」他邀請我把這「最經典、最動人的東坡詞課程」搬到 Coursera 上。我被他的熱情感動，自己也希望能與更多人分享東坡詞情之美，於是便一口答應了。

我試著重新構思一個新的課程，雖然同樣是東坡詞，但並非只是複製過往大學課堂上的內容，而是以比較不一樣的編排，呈現我為此課程設定的主軸和精神，希望錄製這八講的課能自成體系。東坡一生多變，在入世與出世間掙扎徘徊，感受既多且深。如何在「人生有別」、「歲月飄忽」的感傷中，覓得心靈的依歸，在時空變幻裡尋得生命的安頓，是東坡一生的課題。我以時空意識為主軸，扣緊詞學文體論的觀點，依東坡的生涯歷程，就各階段之情況，分析並彰顯東坡詞的情意內容和表現特色，旨在藉詞之抒情特性，探索東坡多情的一生，究竟是怎樣的一種生命內涵，觀察他在情感世界中如何衍變成長，並闡發它的現代意義，以供大家參考。

簡言之，這個MOOCs的課程，乃在帶領大家賞讀東坡詞，兼顧作家與文體、情感與形式等多重詮釋面向，讓修課的同學更了解東坡為詞的文學與人生意義，進而深入體察東坡的情意世界及其詞的美感特質。為了讓大家更清楚整個講座的設計，茲將各講題的內容，簡述如下：

第一講「詞體與人情——東坡詞的緣起及其特色」：從文體的意義談起，進而論述詞作為一種抒情文體的特性與美感特質。有了這些認知，我們才能體會文學形式與作家情感的關係，並據此以探討東坡填詞的內在因素，同時理解其「以詩為詞」的重要意義。

第二講「詞情的深化——東坡杭州詞的創作歷程」：以東坡的早期詞——杭州時期作品——為講授重點。自杭州的詞樂環境、人情風光到東坡此時的宦途失意、悲歡情思，逐次辨析東坡早期詞的創作歷程，理解他如何由寫景酬唱到遣情入詞。而送別詞和思鄉詞的佳作也讓我們見到了東坡詞中抒情自我的顯現。

第三講「詞境的開拓——東坡密州詞的情意世界」：以東坡由杭州到密州途中及密州時期的作品為主體，分析其自我紓解的努力，及其詞境的開拓。透過〈沁園春〉、〈永遇樂〉二詞，論述東坡清婉、雄豪詞風之形成；探析「十年生死兩茫茫」、「老夫聊發少年狂」兩首〈江城子〉，見其豪婉風格的確立；最後以〈水調歌頭〉為例，談東坡清曠詞風的出現。

第四講「時空的感喟——由〈永遇樂〉到〈洞仙歌〉」：論述東坡徐州黃州詞的時空意識，就時間、空間與自我的關係，分析東坡詞境的衍變。詳析〈永遇樂〉詞篇，體會其「古今如夢，何曾夢覺」的感歎。簡述「烏臺詩案」，談論此案在東坡生命歷程的意義。本講的最後，則透過選讀〈洞仙歌〉，進一步體察東坡於黃州時期的時空意識。

第五講「文體的抉擇——由〈念奴嬌〉到〈赤壁賦〉」：如何在自由與限制之中找到平衡？如何在變與不變之間覓得人生的定理？本講選讀東坡元豐五年作的〈念奴嬌〉和前後〈赤壁賦〉，透過他對同一主題（赤壁）以不同文體（詞、賦）書寫的選擇，一則探索其情理掙扎、生命體悟，一則辨析文體抉擇的內外關係，從而了解文體的深切意義。

第六講「行旅的省思——由〈定風波〉到〈定風波〉」：以〈蝶戀花〉、〈南歌子〉、〈寒食雨〉、〈定風波〉、〈浣溪沙〉、〈鷓鴣天〉、〈定風波〉等作品，依序帶領大家隨著東坡經歷人生的風雨晴陽，走過生命的幽暗深谷，觀察他如何在行動中體悟生命意義，在日常的行旅之中逐漸安定心靈，悟得「此心安處」的生命歸宿。

第七講「詠物與抒情——在物我交感中體證詞情的深度」：論述東坡的詠物名篇〈卜算子〉、〈雨中花慢〉、〈水龍吟〉、〈賀新郎〉和〈西江月〉。探討他如何擬人詠物、寫景述情，在物我交感中創造了新的抒情美典。東坡以詩的比興之法，詠物賦詞，拓寬詞的內容，深化詞的抒情特性，更提升了詞的意境，在詞史上具有重大的意義。

第八講「飄蕩與回歸——在人情世界中尋得心靈的安頓」：詩詞欣賞不只是瞭解意義，更是感動的歷程。我們讀東坡作品，讀到一種情理跌宕的姿態、一種生命境界的開拓，並深切體會此乃緣於對生命的熱愛與敬意。在課程的最終篇，我們將承續前面七講的脈絡，體會東坡文學中的悟境——如何在變與不變之中找到人生的定理？如何化解離情與鄉愁，尋覓真正的人生歸宿？在人生的行旅中，且讓我們跟著東坡走一趟回家的路。

四

這本書的內容，係根據我在MOOCs的課程「東坡詞」的講稿修訂而成。

要將講稿變成一本書，需要花費不少時間與心力，不但要潤飾文字，還要增刪內容，將前後文意梳理貫串，加強結構的緊密度，以呈現更完整的體系，那不是一件小工程。幸好得到內子玟玲協助，她花了將近一年的時間悉心處理，使得本書的文意更通暢，更為可讀，我由衷的感激。這本書與今年初出版的另一本書《有情風萬里卷潮來——經典·東坡·詞》，可說是姊妹篇，兩書的內容可以互補。那本書也是我與玟玲合作編撰完成的。我們從研究所開始欣賞、討論東坡詞，互相交換心得，激發了許多想法，也在生活中實踐，體證了東坡的精神，嚮往於創造藝術生活的意境，從而對林語堂之詮釋蘇東坡的一生有更深切的體認。

在我們學習東坡的過程中，鄭騫先生是另一個典範，給予我們很多啟發。鄭先生是我們的論文指導老師吳宏一先生的恩師，是我們的太老師。鄭先生退休後繼續在家裡開課，我們到過他家旁聽。我對鄭先生說夢見東坡的事，印象非常深刻：「予年十一歲時，讀前後〈赤壁賦〉，雖不甚了了，而能琅琅上口，心喜其文，心儀其人。厥後常夢古衣冠者來訪，自稱蘇東坡，至二十餘歲時猶然。因之頗為自喜，曾有三夢詩，……又以『夢坡』自名其室。後見近人周君文集，即名《夢坡室集》；又讀馮應榴《蘇詩合註》，知應榴亦有東坡之夢，且倩人繪為圖卷，徧徵題詠。乃知夢見古人實尋常之事，上自孔子，下至凡夫，皆可有此一夢，不必大驚小怪。爽然自失，其夢遂絕。」爾後，鄭先生雖不復夢見東坡，但他對東坡的愛慕和敬意卻不曾衰減，反映在他對東坡的研究上，一直保持著關注之情，因緣為文，由詩及詞，在他的大小文章中，有事理的考證，有詩詞美的評鑑，有義理意境的體察，鄭先生充分表現了他的學養與真性情，不愧是東坡的異代知音。鄭先生早年嘗作〈詩人的寂寞〉一文，認為詩人都是寂寞的，不寂寞，就寫不出詩來。我以為鄭先生的寂寞頗接近東坡的類型。鄭先生說：「讀者若順著我所說的途徑，在各家的全集裡多找這類的作品來讀，或者對於所謂詩人的寂寞能有深刻的了解。當然最要緊的還是實際生活的體驗，這卻不是可以強求的，只好看各人的機緣如何了。」文章寫後四年，鄭先生來到了臺灣，有一回迷路，轉不出去，「沿路看到不少牛矢；我立即想起牛矢歸路之語。從此對於東坡此詩，不但不覺奇怪，反而甚為欣賞了。」這就是他所說的「實際生活的體驗」。而東坡那種「雖同於柳的困窮，卻得到陶的自在，於是野老溪童，彼我無間，天涯海角的荒村，融化成舞雩歸詠的氣象」，何嘗不是他中晚年遠離大陸故土流寓臺灣所嚮往的意境？

東坡的精神無處不在，在書本，在日常生活，在一個個可愛可敬的人身上。想起那段青澀歲月，與玟玲一起，想起閱讀林語堂《蘇東坡傳》的心情，想起在鄭騫先生家中上課的情境，「相看悅如昨，許多年月」……

不變的是對東坡的喜愛。

感謝臺灣大學MOOCs執行長葉丙成教授，讓我有機會再為東坡開設課程。與聽眾、讀者朋友分享東坡詞情之美，那是十分愉快的事。

臺大MOOCs的製作團隊，年輕，熱情，辦事有效率，和他們一起工作，好像家人一般。定期在攝影棚、圖書館錄影，一大早去陽明山、林語堂故居出外景，這些活動對我來說，都是難忘又美好的經歷，至今回憶起來，仍歷歷如昨。感謝妍慧、群皓、祥璿、佳緣、悅羽，以及數位工讀生。幾年過後，團隊的成員全都陸續離開了臺大，但我們為臺大留下了一部錄製精緻的東坡詞課程，繼續在網路上播放著，那會是我們最美好的記憶。

我也要感謝我的課程助理佳妏、定衡和穎儀，沒有他們盡心盡力，處理各種繁瑣工作，幫助蒐集資料、設計作業、陪同拍攝、管理討論區、結算成績等，這門課是無法完成的。

現在，東坡詞能以新的形式出現，當然要感謝遠流出版社林馨琴總編輯的熱情邀約，讓東坡詞能與更多讀者分享，那是多麼美好的事。

書名《東坡詞・東坡情》，顧名思義，東坡一生多情，因為多情，故溢而為詞；他的詞之好之美，就美好在，他有溫厚的入世情懷和超曠的俊逸才思。

一、詞體與人情

東坡詞的緣起及其特色

（一）文體的意義——情感與形式

東坡詞是宋詞的一個奇峰，它指出向上一路，新天下之耳目，意境高遠，令人悠然神往。東坡詞所展現出來的，是真摯動人的情意，是不擇地而出的才華，更是一個深廣的心靈世界。今天，我們閱讀東坡詞，正是希望透過這些詞篇來了解一位天才如何駕馭一種新文體，並且去感受他在裡面所呈現出來的文學與生命的意義。

東坡是怎樣的一位作家？詞是怎樣一種文體？東坡是在什麼樣的處境和心境下填詞？東坡於詞這種文體裡表達了那些內容？而他在詞的形式上又有那些表現？我們要深切了解東坡詞，體會它的語意和辭情特色，須兼顧其人、其體兩方面，也就是說要對作者的主體意識、創作的時空條件和詞的形式結構、美學要求等各個層面，都要有充分的認識。

論述東坡和詞體的關係之前，我想先談談傳統中國的「文體」概念。相對於西方的「敘事傳統」，中國文學有個不一樣的「抒情傳統」。抒情傳統裡包含了兩個重要的概念，一個是「抒」，即表現的方法，一個是「情」，即抒寫的內容。「問世間，情為何物」？人間的情有千千萬萬種，不是三言兩語能說清楚，也非搬弄一些概念能說明，需要細細去品味，用心去觀察，才能有所體會。「情」既然那麼複雜，要怎樣適切的表達出來呢？這就是「抒」的部分了。所謂文體，簡單的說，就是包括「抒」與「情」兩部分。作家緣情為文，須先擇體；各種文體的體製形式、功能特性都有不同，因此他要依據所欲表達的內容，找到合適的文體來表現。文學作品的內在情意與外在文辭是相應一體的，換言之，主體的情與客體的文辭必須融合，才能構成完整的文體概念。我們回顧一下文學的發展，就會發現那些出色的作家往往會順著自己的性情，找到適合自己表達的文辭，使「情」「辭」融合一體，相得益彰，也使得文體充分展現個人的風采。

我們試著就文體的概念，看看中國詩詞的發展。中國古典抒情詩，文辭優美，情意深摯，別有一種婉麗動人的韻味。詩中以各種形式歌詠愛情，如邂逅的興奮、如願的欣喜、生離的痛苦、死別的哀傷、相思的無奈、被遺棄的怨恨等等，表現或為沉重或為輕鬆，或為溫柔熱情或為決絕哀痛。在不同的時代裡透過不同的詩歌體製，創作者展現了多樣的姿貌。今天我們閱讀詩經「所謂伊人，在水一方」的惆悵、「一日不見，如三秋兮」的感歎，樂府詩「上邪，我欲與君相知」的殷切情意、「從今以往，勿復相思，相思與君絕」的堅決態度，以及古詩「盈盈一水間，脈脈不得語」的一片深情、「同心而離居，憂傷以終老」的無窮悲感，應能感受中國情詩特有的體性與情采所交織而成的抒情美感。這些是先秦到漢魏六朝的詩歌。到了唐宋時期，五七言古近體的成熟發展，詩的樣貌就更加多姿多采了。那麼，我們不禁要問：這些不同的詩歌體製，它們所抒發的情感及其達成的抒情效果都是一樣的嗎？

譬如說四言詩，我們看到《詩經》所呈現出來的是一種比較肅穆、莊嚴、典重的風格，原因就是用四言體，兩個字兩個字配合的句式，自然呈現較為平穩凝重的特色。這樣的風格或許符合先秦時代的美感需要，但發展到後來，人們就逐漸覺得四言詩「典重有餘，變化不足」。因此漢代以後，詩歌發展為五言體。五言比四言多了一個字，使得二二句式平衡對稱的結構被打破了，形成有變化的句式，比四言詩更加流利，也更能傳達人們複雜的內在情意。五言詩在漢魏六朝成為一種主流。

與此同時，樂府詩也正蓬勃發展。我們都知道，人們欲以表達的情緒愈複雜，整齊的詩句是不足以應付的，因此就需要長短參差的句式，這就是樂府詩體逐漸興盛的緣故。樂府詩的句式有長有短，主要就是因為它是配合音樂而創作，而民間歌謠較生動活潑，樂曲有緩急快慢的節奏，旋律亦多抑揚跌宕，因此詞句便不能都整齊畫一，須依曲式調性而變化。樂府詩有個比較特殊的地方，它通常不屬個人的情意書寫，它往往是「緣事而發」，有著反映、批判社會的意義。這就是白居易〈與元九書〉所說的「文章合為時而著，歌詩合為事而作」的寫作態度和精神。因此寫作樂府詩的時候，所展現出來的就不是自我抒寫情思，而是透過某個人，某個生活的片段或某件事情的敘寫，來反映時代的精神。這個時候除了樂府詩，另一種新的詩體也在醞釀發展。詩歌的語言乃植根於日常使用的語言，當平常語言運用更多元，詞彙更豐富之後，用以抒情表意的詩歌體製往往也隨之而改變。此時，出現大量的四字詞語，詩人嘗試以此組合詩句的時候，便會發現五言詩體已難以伸展，遂不得不將詩句字數增加，自然就發展出七言詩了。

唐代以後出現了律詩、絕句，詩的體製更加豐富，而每種詩體的抒情特性、美感特質也各有不同。詩人述志緣情，在選體創作時，須深諳詩的體式，找到能與一己情志配合的文體來表現，做到「性與體合」，才算真正完成。譬如，杜甫「晚節漸於詩律細」，他為什麼在年老時特別要在律詩下功夫，希望在律詩裡面創造並追求更精深更高遠的文學意境呢？律詩的美感，是「平衡對稱」。我想，杜甫之所以選擇律體，是因為那種平衡對稱的美感正符合他穩重內斂的個性，而如果再往深一層去觀察，會發現律詩之於杜甫別有意義。在那兵荒馬亂的時勢，個人又「無力正乾坤」，那麼在這平衡對稱之美的追求過程中，也許能讓他找到一種精神上的慰藉，讓他深信寫作可創造一個和諧美好的詩的世界，為自己找到一種穩定生命的力量，以對抗紛亂的世局。外頭分崩離析，創作的詩體卻格律嚴整，杜甫之用心可見。律詩在杜甫的手中，已有了不一樣的美感與意義。我們看作家作品，如能從文體抉擇的角度切入觀察，會有更多發現，更了解作家，也更認識文體。

再談談絕句。絕句以四句成篇，篇幅很短，言近旨遠；五絕比較淡雅，七絕比較流利。詩人各有才性，他們創作的絕句便有不同的風貌。例如在五言絕句的表現上，王維就極有特色。王維信佛，性情沖淡，因此用五言短章表達帶有禪意的詩情，正恰到好處。王維這類詩歌，最能將五言淡雅之美呈現出來。至於流利的七言詩的寫作，則需要不一樣的才華。作家要在剎那之間掌握美感，於起承轉合之際充分顯現才性。論七絕，李白最為代表。李白才高，豪情萬丈，最能掌握此體的特色。沈德潛《唐詩別裁》說：「七言絕句，以語近情遙，含吐不露為貴，隻眼前景，口頭語，而有絃外音，使人神遠。太白有焉。」李白的絕句自然明快，飄逸瀟灑，能以簡潔明快的語言表達出無盡的情思，充分展現了他橫溢的才華，允稱唐人第一。所以各類文體都有其特殊的美感要求，如果作家能忠於自己的所感所思，選對文體來表現，發揮才情，那就相得益彰，足以成就不一樣的風華。

以上簡略說明詩歌體製的發展，希望大家對文體的意義、情感與形式的相互作用，有一基本的認識。隨著歷史發展，人們使用的語言愈來愈豐富複雜，人的情感也愈來愈多變，而不論是五言或七言、古詩或律絕，它們多是整齊的句式，這樣的整齊詩句要把人們波動起伏的情緒與互有差異的才性充分展現出來，有時不免就有不足之處。因此，大概從中唐以後，文人開始留意到了長短句，那些配合著新興樂曲，跟著樂律節拍而譜寫的歌詞，句式有長有短，轉折頓挫，敘述的方法也有多樣的變化，而藉此表達的情意無形中變得更加細膩。當然，初期的創作裡，文人尚不能完整掌握這新興文體的特質，而「詞」也等待著作家的才性來確立、彰顯它的美感特質。

作為一種獨立的文體，詞在「體」與「情」這兩方面必然有其獨到之處，下一節我將在「詞的美感特質」裡進一步談論。在此之前，我們先看看清代馮煦所說的兩段話：

淮海、小山，真古之傷心人也，其淡語皆有味，淺語皆有致。

他人之詞，詞才也；少游，詞心也。

這兩段話呈現的正是我們前面所論述的「性與體合」的概念：秦觀，字少游，號淮海；晏幾道，字叔原，號小山。這兩位詞人家世環境遭遇不同，但都具有敏銳的心靈、多感的性情、傷悲的情懷，比許多文人更能契合詞體的質性，被視為是最能表現詞體美感特質的作家。秦少游更被稱為「詞心」，他的情和詞彷如一體，只要他一下筆填詞就能夠輕易表現出詞體特殊的情味。所以，要了解「詞」這種文體的美感特質，閱讀秦、晏兩家的作品是很好的途徑。

那麼，蘇東坡呢？他是怎樣的人？他為何選擇詞體創作？他的性情與詞體構成怎樣的特色？我們談論東坡詞，也須結合東坡其人其詞來了解，才能真正認識東坡詞，並知曉它的特質及文學意義。

（二）詩與樂之間——詞的美感特質

翻開一般的中國文學史，其中有關宋詞的章節，應該都會介紹詞的基本特色，它的形成背景和發展概況。歸納眾家說法，多以為：詞是依附唐宋以來的新興曲調而寫成的歌詞。這些新興曲調主要是「胡夷里巷之曲」。胡夷之曲指燕樂，多來自西域，也有一部分是從東南亞來的；里巷之曲則是街頭巷尾傳唱的民間小調，從魏晉南北朝一路傳下來。配合著這些新興曲調而填寫的歌詞，由最初的樂工歌女之製作到後來文人之參與，逐漸的由娛樂性質變為文學創作，屬詩歌韻文之一體。詞，是一種音樂文學，是音樂和文學緊密結合的特殊藝術形式。文人倚聲製作，由歌女彈唱，寫景多不出閨閣庭園，言情則不外傷春怨別，遂表現為一種精微細緻、含蓄委婉、富有陰柔之美的質性。為什麼詞會是一種陰柔的文體呢？從表面去觀察，很容易就可發現，詞之題材內容、應用場合、敘述口吻及演唱方式，就是和詩文不同，它的語調、風格都偏向女性化。但絕大部分的詞篇都是男性作家的作品，為什麼卻多是陰柔的表現呢？從體性的角度來看，詞顯然是一種相當獨特的抒情文體，因此要對這一文體有更深刻的認識，我們更要探問的是：穿越酒席歌筵、樂音女聲的表層，為什麼文人選擇了這種文體來寫作？難道這和它所抒發的情感內容沒有關係嗎？那麼，詞所抒寫的情是怎樣的一種情呢？

我們試從王國維《人間詞話》的一則詞評來切入話題：

詞之為體，要眇宜修。能言詩之所不能言，而不能盡言詩之所能言。詩之境闊，詞之言長。

首先，我們可以注意到，王國維以詩作為比較的標竿，據此論述詞的特性。他說詞作為一種文體有個重要的特色：「要眇宜修」。「要眇宜修」一詞出自《楚辭》的《九歌．湘君》：「美要眇兮宜修。」要眇，是指容貌美好的樣子。宜，善也；修，即修飾；宜修，就是善於修飾。王國維把詞比喻為像女子一般的文體，既天生麗質又善於修飾，因此內外兼顧，相得益彰。怎麼去解釋這個說法呢？除了詞的內容與題材所展現出來的，我們還可以回到唐宋時期，詞發展的環境裡去認識它。隋唐以後，城市商業文明日漸興盛，受到外來文化的影響，歌舞娛樂的內容和形式隨著社會需求而不斷推陳出新。那些繁華的城市如長安、杭州，往往聚居了許多離鄉背井的人，他們在外求學當官或做買賣，閒暇、寂寞或思鄉時要尋找心靈的慰藉，歌樓酒肆通常就成了流連之處，聽歌喝酒乃普遍的現象，因此，樂師歌女也就有更多發展的空間。而唐代的安史之亂雖然一度使國家陷入紛亂的局面，卻也促進了唐代歌樂由上而下的發展。當朝廷動亂、長安失守之際，宮廷裡的樂師歌女紛紛往外逃竄，淪落民間，為了維生，他們自然就得發揮長才，積極參與歌樂的創作及演出。詞就是這樣的透過樂工的編製、歌女的傳唱，而逐漸在民間流行起來。

這些歌曲由歌女演唱，詞中所述的傷春悲秋、相思怨別之情，透過女孩子的聲音傳達出來，流露了女子特有的心意與體會，呈現的音容聲色自然就具備了一種要眇的美的資質。但是，跟它配合的歌詞又如何呢？當然不是每位歌女、樂工都能填作優美的歌詞，此時，文人的參與就很重要了。中唐以後，隨著文人階層的平民化，許多文人並不排斥俗文化，因此酒筵歌席上他們會接受歌女的請求而填詞，甚或主動下筆為詞。文人本來就很熟悉寫「閨怨詩」，從《詩經》、《楚辭．離騷》開始，所謂的「香草美人」——擬人說情、借物抒懷——藉著女子、花朵的描寫，來比喻男士的一種寄託心情的，大有人在，到了唐代，「閨怨詩」更成為詩人寫作的重要題材。透過這一類的作品，文人摹寫女性的心情，揣摩女性的言談舉止，一方面表達了對女性的關懷，而另一方面卻也藉此暗喻自己懷才不遇之感。假女聲以傳情，自成中國詩詞的一個傳統。所以當文人參與詞的創作，需要模擬女孩子的音容聲色來寫作歌詞時，自然而然也就會秉持他們寫閨怨詩的技巧特色，把漂亮的文辭融合女子的聲色，兩相輝映，無形中就提升了詞的文辭美感。最美麗的文辭配合最悅耳動聽的歌聲，就成就了「詞」這種纖細溫柔的文體的一種面貌，也就是王國維所說的「要眇宜修」的美感特質。

所以，細心的來看，詞的確是和詩不一樣的文體，它獨具一種更精細的、帶著女性陰柔之美的特性，因此比詩的意境更加幽微。詩可以說理議論、言情敘事，而詞呢？詞的特長則在抒情。詩之言情往往點到為止，表達的內容也多是家國之愛、親友之情，送別、懷人、思鄉是詩主要的寫作題材，男女相思卻是詩甚少著力之處。詞正好相反。配合樂音，由女子幽幽唱出的詞，反覆抒發的多是女性心理底層幽微的情思、男女之間那種很細膩的情意。剛開始的時候，詩人填詞是為歌女而作，是用女孩子的心情寫作，而當時的女子最關心的就是自己的美貌、自己能不能在最美好的時候找到如意郎君、找到自己的幸福。青春易逝，容貌會衰老變化，於是，「時間」成了關注的重點；而詞配合音樂，音樂本是一種時間的藝術，以節奏、旋律的變化回環往復，產生一種時間流動之感；因此，以時間做為主題就成為文人詞很重要的內容。簡單來講，詞就呈現出一種相對的美感，詞的抒情特性，主要也就是以時空與人事對照為主軸，在今昔對照、變與不變的對照之下，呈現出某種情味，對人間的情愛有種執著，對時間的流逝有無窮的感歎。因此我們會看到，在詞裡面，美人遲暮、春花易落、好夢頻驚、理想成空等等的情思，都變成了重要的主題。李後主詞句說：「春花秋月何時了，往事知多少？」花開花落、月圓月缺是大自然的運轉，是天地間永無終止的循環，而相對於這一恆常現象的卻是一個不斷變化的人生。「春花秋月」代表恆常不變的宇宙、恆常不變的自然景象，「往事」是相對映照下變幻莫測難以掌握的人事——這樣的相對性美感本來就已存在中國的文學世界裡，現在更成了詞非常重要的內在特質。

因此我們所謂的詞，它呈現出的不是像詩一樣的意境，它有自己特殊的一種情韻。這種情韻是要配合音樂，以陰柔的語調傳達出來，是一種冉冉韶光易逝與悠悠音韻節奏結合而成的情感韻律，回環往復，通常是以好景不常、人生易逝、此情不渝為主調。而這樣傳達出來的情韻也就別具一種委婉曲折之美，這是與詩極為不同的文體特質。

中國文學發展到宋代，可以說已經是進入非常純熟豐美的時期了。當時文人寫作的文體選擇頗多，而他們也極注重不同文體的不同功用。「辨體」，成為宋代文人創作時很重要的一種意識。於是，在宋詩與宋詞之間，我們可以發現文人書寫的情緒心思是大有不同的。長久以來，研究者多認為宋詩「主理」，無論是在理性哲思、生活情趣或人生感悟方面，宋詩都表達得淋漓盡致；而相對於詩，詞充分表現的是「抒情」的特質。如同我前面一再強調的，拋開詩的「言志」傳統，詞更精緻、敏銳的感覺到時光與空間場景的變化，也更單純、直覺的抒發一己對於生命的感受、對於美的事物的堅持、對於愛的眷戀、對於年華流逝的感傷……這是文人的情思與詞樂韻律糾結盤旋而成的情感節奏。這節奏主要是相對情懷的激盪而形成的——外在時空對照人間情事，一方面是變化的體認，一方面是不變的執著，兩相對應，拉扯互動，便產生了抑揚頓挫、起伏不已的動能，性情因此而搖蕩，最後依聲吟詠，遂譜寫出一曲曲婉轉動人的情詞。

依聲吟詠，詞正是配合著音樂的旋律節奏書寫的文辭，而這樣的文辭在形式上運用的則是近體詩的格律。換言之，詞是介乎「詩」、「樂」之間的文體。當詞的情韻比較接近「樂」，就比較容易陷於迴盪往復的節奏之中，所抒發的哀傷歎逝之情，往往更能深化詞的婉曲特性，使之轉為幽微密麗，語意纏綿；而詞的情韻如果比較接近「詩」，緣情興感，作者意識到的是一種詩的情感，往往就能結合情意情理情趣，多了些觀照解悟，進而梳理滌盪深摯的情思，於是，詞就有了不一樣的風采，產生一種疏宕清遠的意境。

綜合上面的論述，大家應該也會發現，不論是「主理」、「言情」，詩詞一樣都是抒寫情懷，只是文體不同，格式有異，表達的情思特質、美感風格就有了差別。這一點，若從中國文人最常抒寫的傷春悲秋情懷來看，可以有更深的體會。

《淮南子》說：「春女思，秋士悲。」張潮《幽夢影》說：「詩文之體得秋氣為佳，詞曲之體得春氣為佳。」詞善於表春情，詩則長於敘秋感；詞多表達女子的情懷，詩則多抒發士子的情志；「思春」與「悲秋」，正是詞與詩各自代表的某種精神特質。

春天與秋天，不一樣的節令氣候，不一樣的自然人文景觀，對於人的情緒感受就有了不一樣的影響。時序入秋，一年也就過了一大半；人到中年，一生也已過半。在農業社會裡，秋天是辛勤工作之後收穫的季節，相對於此，步入中年的士人，此時回顧曾經的努力過程，檢視前半生的得失功過，卻發現自己理想落空、功名無望、甚至有家歸不得，那麼，他眼中見到的就不是稻穗低垂、果實累累的金黃秋日了。他面對寒冬將至，暮年不遠的時間之感，看到的、感覺到的是秋風瑟瑟、枝葉搖落的蕭索景象，油然而生的悲感又豈能不深切呢？這樣的秋日情懷是走到人生中途、理想落空的士大夫情懷，是讀書人緣自情志失落的「秋悲」。詩，所抒發的往往就是這樣的秋悲。

不同於秋天，春天是既美麗又不安定的奇特季節。一方面處處鶯飛草長、柳綠花紅，天地間充滿了無窮的生機；另一方面氣候卻冷暖乍變，晴陰難測，予人難以捉摸的不確定感。身處其中，既能感受到生命的喜悅，也令人享受著青春的甜美；然而，卻又難以漠視其中的隱憂：春光易老，好景不常——這正如同女子的心情，一方面自盼自顧如春花般的美麗年華，一方面卻也兀自驚疑春花旋開旋落，華齡美貌轉眼遲暮——這種既珍愛美好又猶疑不安的情緒，是所謂「春情」，也是詞裡最重要的一種情緒。

然而，深入去想想，女子對花樣年華的珍惜、對「在最好的時光裡與最愛的人相守」的渴望、對繁華落盡美夢成空的憂懼……等等情思，究其本質，與士大夫那種搖落中年、懷才不遇、空有夢想卻徒然落空的悲涼心境，其實是同調。

所以簡單來分析的話，詞因其特質而比較長於述說一種傷春的心情、一份人對美好事物的眷戀，是既想執著又怕變化失落，因此產生的一種搖蕩不安的情緒——這就是詞情的核心，表面傳達的是春情，而其內裡深處悄然相應的是秋士之悲。不論是被視作正統的晏幾道、秦觀為詞，或別開新局的蘇東坡為詞，不管他們是偏重於樂或詩，詞的這種基本特性是不會改變的。

具備這樣的特質的詞，為什麼成為宋代的代表文學？它代表的是宋代文化的哪種特質？

鄭騫先生〈詞曲的特質〉一文說：「宋朝的一切，都足以代表中國文化的陰柔方面，不只詞之一端。……柔並不一味的軟綿綿，而要有一種韌性。」

我們來看詞：縱然它是訴諸女子之口，或模擬女孩子的心情抒寫，但我們不能只看到它常呈現的「好景不常、人生易逝」的感歎，這是變化人生的一種體驗，但是相對此一變化，不變的是什麼呢？就是一種「此情不渝」的精神。我們可以看到詞所塑造出來的女性情意世界，那裡面呈現的是對愛情的執著，是堅定不放棄的精神——宋詞擺盪在情緒的上下之間，既無法不面對人間的悲情，卻也不甘於陷溺不返；如何排遣？怎樣在情中得到安頓？便是詞人的重要課題。或表現為執著的熱情，或以豪情反撲，或以曠達的懷抱紓解，宋詞所代表的精神就是體證了一種生命意態——在世事無常中確認人情不變。歐陽修說

「人生自是有情癡」，東坡也說「多情應笑我」，這何嘗不是詞人普遍的心聲？人不能忘情，又不願逃情，那麼，就須面對，勇敢承擔。

「好景不常，人生易逝，但此情不渝」的精神，正與宋人立身行事、治學為文等方面的「知其不可為而為之」的態度相彷彿，而這也就是所謂的「陰柔中的韌性」，是宋文化的主要特質。如此看來，以詞作為宋代文學的代表，不是沒有道理的。

（三）初始——東坡為何通判杭州時開始填詞

初步理解了詞的美感特質，對於詩和詞本質上的差異也有了些認識之後，將有助於我們探索東坡填詞的內外因素。

宋神宗熙寧五年（一〇七二），東坡三十七歲通判杭州，他正式填詞就從這時候開始——這是現今詞學界普遍的看法。

為什麼東坡在杭州開始了詞的創作？首先，我們多會注意到的是外在環境的因素。北宋時代的杭州已經是一座美麗的城市，既有明媚的湖光山色，又有聽歌唱曲的場所與文人雅聚。東坡在這裡的前後兩任長官：太守陳襄（述古）、楊繪（元素）就都雅好酒筵歌席、聽曲填詞；而當時著名的老詞人張先（子野）也在此附近安享晚年，詞樂悠揚的高會小聚之中，東坡應該會不時與之相晤，賞聽他的佳作。對於原本就長於詩賦寫作的東坡而言，在這樣的文人社交場合，倚聲填詞、依韻和作，自是輕易之舉——紀游酬贈，可說是東坡寫作詞篇的起點。同時，還可以看出他此期的作品深受張先「以日常生活之感懷為主題，表現出平淡意味」的寫作手法影響。

然而，外在的環境只是提供給東坡接觸詞、寫作詞的時機與場合，除非東坡的杭州詞都只是應歌酬贈之作，完全是被動的書寫，了無個人主觀的情志，否則，當我們閱讀他此時數量不少的詞作，並發現他藉此抒發了某些詩篇所無的情意，表現出詩文之外的另一種抒情效果，那麼，我們便不能不進一步去探索他當時的心境、填詞的用心了。

葉嘉瑩在《靈谿詞說》中〈論蘇軾詞〉說：「蘇軾之開始致力於詞之寫作，原來正是他的『以天下為己任』之志意受到打擊挫折後才開始的。」又說：「蘇詞中，雖以超曠為其主調，然而其中卻時而也隱現一種失志流轉之悲。」葉先生的這兩段文字觸及了兩個論點，對了解東坡詞相當重要：一是東坡詞寫出生命的實感，與其失意的宦途息息相關；一是其詞以超曠為主調，這是以詩為詞的表現，東坡也因而提升了詞的意境；而就詞的情韻來說，所謂「其中卻時而也隱現一種失志流轉之悲」，也許，這正是東坡與詞相應的情懷本質，釐清這份情懷本質，應是探究東坡填詞的內在動因的重點。

在前一節的論述裡，我已說過，詞的情韻是由一種冉冉韶光易逝的感受與悠悠音韻節奏結合而成，其主調是「好景不常，人生易逝，此情不渝」。因此，詞心之起，詞作之產生，可以說是和詞人的時間意識有關的。而「失志流轉之悲」正是個人面對時空變動不居、人生離散無常、理想徒然落空、卻依舊有所愛戀的悲涼情懷，這樣的情懷是從什麼時候開始，逐漸的縈繞著東坡的內心？

東坡二十一歲和弟弟子由一起隨著父親離家赴京，參加科舉考試。第二年兩兄弟金榜題名，正當歡喜之際，卻接獲母親病逝家中的噩耗。父子三人強忍悲痛，匆匆返鄉治喪守喪。喪期既滿，連同兩兄弟的妻子，東坡再度和父親弟弟舉家來到京師，積極準備另一場進入仕途的考試，隨而順利的開始了官宦生涯。這一段歲月，不論身處何處，東坡與詞的確是不會有多少交集，但那與詞情相近的時光流轉、人事無常之感卻已存在他的詩中，尤以〈辛丑十一月十九日既與子由別於鄭州西門之外馬上一篇賦之〉一詩最為代表。

這是他二十六歲時的作品。這一年，東坡因為制科考試的好成績而得到官職，卻也面臨了一個殘酷的事實：他被派任鳳翔府簽判，必須離開京城開封前往位於陝西的任所，而弟弟則留京陪伴父親等候另外的派任。東坡兄弟感情很好，二十三年來（兩人相差三歲）從未分離。五年前兩兄弟一起拜別母親赴京考試，當時只道是尋常生離，沒想到卻自此與母親生死契闊；現在，東坡又一次要面臨離別的哀傷，而對象則是感情最親密的弟弟。同時，他也體認到，這次的分離將是往後一連串離別的開始：仕途生涯一旦展開，不論順逆，兄弟倆的官職任所能夠重疊相聚者，恐怕是難得了。詩中末六句說：

> 亦知人生要有別，但恐歲月去飄忽。寒燈相對記疇昔，夜雨何時聽蕭瑟。君知此意不可忘，慎勿苦愛高官職。

在交通便利、通訊發達、網路便捷的現代，我們來往世界各地，或為公務出差、私人旅遊，或因求學覓職、遷居訪友，往往輕易離別，卻也不難再相聚。可是對古人而言，離別，尤其是和至親好友離別，是非常嚴肅、難受，甚至對心靈極為殘酷的生命歷程。先秦以前，諸侯分封，書不同文，車不同軌，交通困難，人的移動自然受限，離家太遠的情形也就少見，此時對大多數人來說，離別不是常有的經驗。因此，我們讀《詩經》的十五國風，雖然其中也有一些離別、傷逝的詩篇，但並不太深刻動人。等到秦漢時期，大一統的國家出現，各地的陸路水路交通逐漸建設了起來，人們也開始離開家鄉，到更遠的地方謀生。然而山遙水闊，舟車行路依舊費時，人在江湖，行旅飄蕩，很多時候此地一別，後會難期。於是，東漢以後，我們讀《古詩十九首》，或是到魏晉南北朝看看文人的作品，就會發現，送別離思已成為一種很常書寫的題材。其後到了唐宋時代，科舉取士，平民百姓經由考試、薦舉就可能謀得一官半職，因此更多讀書人離開了家鄉，赴京考試，出任官職。而仕途不論平順與否，大部分人的任所都會不時變換——因此，商賈江湖漂泊，穿梭於城市鄉鎮之間，士人也在京師與全國各地的不同職位間流動，同樣是有家歸不得，也總在告別居住的城市。離別，成為許多人的共同經歷，尤其為理想、功名、生計而輾轉於仕途之中的讀書人，感受更加深刻。就像東坡，儒家用世任事之志固然是他心之所繫，但也只能算是人生裡的一段過程，他衷心期盼的是結束這段過程之後，生命最後的心靈歸宿，是安然享受人間情誼的生活。只是在完成儒家志業的歷程裡，卻又不得不時時面對離愁別緒，憂心韶光飛逝、理想落空！因此，在詩句中，我們感受到了東坡內心的矛盾——一方面獨自往前邁進，亟欲實踐理想；另方面卻感歎追舊，與弟弟相約早退，共享閒居之樂……

「亦知人生要有別」，這不只是二十六歲的東坡從詩文中讀到的體會，更是他自己的人生經歷，也是他理智上預見的未來。然則，如果人生的歲月無窮，那麼在用不盡的時光裡，離別之後仍彼此思念的人必然還能等到相聚之日。只是啊，「但恐歲月去飄忽」——時間不斷流逝，人的壽命終究有限，那麼，在短暫的人生裡，每一次分別而能再相逢的機率會是多少呢？這裡東坡用了「恐」字表達內心的憂懼不安。所謂「知」而「恐」，雖意識到，也能理解，卻又無奈，難以克服，由此產生的恐懼，形成了心靈底處最深層的憂傷與寂寞，其中又以時間之傷最為沉重。因為意識到時間無情的飄逝，更加深了空間契闊之感、傷逝之情。

如何在「人生有別」、「歲月飄忽」的感傷中，覓得心靈的依歸，在時空變化裡尋得生命的安頓，將是東坡一生的大課題，此後他的文學也將充分反映這段上下求索的歷程。這是東坡生命底層的憂患意識，源自天生的一份直覺，也源自他對人間情誼的珍惜，如夜空之深沉而寂寞，不易紓解。但「重情」使他易感多愁，卻也為他帶來了溫馨、踏實、歡愉的生命感受。在變動的時空裡，手足之情與早退之盟成了他的生命指歸與定力，終其一生，他念茲在茲，如是出入進退於人世間的榮辱得失，形成他情思起伏跌宕的一生。

不過，對於第一次出任官職的年輕東坡而言，「人生有別」、「歲月飄忽」的感傷似乎以詩文表達就夠了，那其中糾葛複雜的情緒猶自堆積在內心深處，一時無法也無心完整真切的流露、書寫。從這個時候到離京赴杭的七八年間，東坡與詞仍無遇合的因緣。

鳳翔時期，東坡公務忙碌，又有許多要學習、適應的事務，且當地也無歌舞酬唱的環境，自然不可能嘗試詞的創作。三年後，東坡調回京師，二月與父親、弟弟一家團圓的喜悅猶新，卻沒想到愛妻王夫人竟在五月病逝，隔年父親也因病亡故，俱是與至親的死別！兄弟二人悲痛護送棺木返鄉，服喪三年。這段時間，東坡詩文皆減產，更遑論聽歌填詞。

喪期既滿，兩兄弟回到京師面對的是王安石的新政變革，朝廷風雨飄搖，政治的風暴已在醞釀，士大夫則於進退間面臨抉擇。朝中老臣如東坡的恩師歐陽修等人都先後離去，東坡的好友或補外，或乞歸，或被斥退，就連弟弟子由也決定隨長者張方平到陳州當學官。相較於此，東坡退離此政治是非圈較晚，與新黨的衝突也較多，因而內心的掙扎、無奈、失望之感更為深刻。這段期間，他為著理想，力挽狂瀾，全部心力都投注在雄辯滔滔的策論和奏議的寫作上，除了若干送別篇章，再無更多詩作，自然也不可能有歌舞之約、倚聲填詞之舉。

熙寧四年（一〇七一），三十六歲的東坡終於了解到留在京師抗爭終屬無效，於是請求外放，通判杭州。他先到陳州與弟弟相聚七十多天，再一起前往潁州探訪退休安居於此的歐陽修。二十餘天之後，兄弟倆終須一別，而這一次相較於前兩次的離別，更令東坡感到心酸。因為要闊別的不只是親愛的弟弟，也包括了年少任事的熱情、朝廷參政的理想。此外，歐公「多憂髮早白」，老人家的宦途起伏、憂國之思似乎也讓東坡想見自己的將來。明知時世艱難、力不從心，但考慮現實種種，還是無法輕易言退。更何況，他的心中仍存一份信念，他依然不願放棄。如是，在「力難任」、「退未能」的情況下，東坡帶著矛盾、自我壓抑的情緒來到杭州。

杭州的山水讓他想起了家鄉，現實受挫的心靈面對此景更是容易被引出思鄉的情懷。而在這裡遇到的長官、同儕、朋友也多是與王安石不合，對新政頗有批評，因此調派南方或自請外放者。送往迎來、文人雅聚的場合上，大家相濡以沫、憂懷世局，不免有種「同是天涯淪落人」的感歎。再加上職責關係，三年間，東坡經常需要行縣賑災，對於百姓疾苦、政令缺失自然有著更深刻的感受。針對世事實務，或敘或議，東坡可以繼續用詩來表達；而宦途失意、離別感傷之情，多年來隱藏於心底的時空流轉的深悲，則因與「詞」的相遇，使得他多了另一種抒發的文體。這種文體也許原本只是東坡在歌舞宴樂之間、賞遊送別之際的應酬作品，但寫著寫著，竟從泛泛的應歌寫景轉為個人真情的自然流露！

我們可以這樣說：詩人的銳感、生涯的體驗，培植了東坡幽微的情思，詞心逐漸萌芽，而杭州的歌樂環境正好提供了沃土，激發其茁壯成長。本來是應歌酬唱，但隨著樂韻的迴旋跌宕，竟導引出他內在的悠悠情思，從此愈寫愈投入，自然選體創作，變成了個人抒情的新詩體。

閱讀現存的東坡杭州詞，我們讀到了許多動人的離別之作，也讀到了他的思鄉情懷，而那自年少以來逐漸累積的時空流轉之悲，更藉由長短句式、婉轉聲律有了更深刻的表達。這是心境與詞韻相應，遂使倚歌填詞的泛泛之作轉為個人情意的深沉表露——這也正是前文所說的「性與體合」的自然之勢。

不過，東坡並非只會填詞，他還是一位傑出的詩人。我們之前曾說：宋詩主理，多寫理性哲思、生活情趣和人生感悟，詩人緣情興感，往往多了一些觀照省悟，有助於內在情緒的梳理滌蕩；宋詞則因為配合著音樂旋律，迴盪往覆，抒情婉轉，其中的情懷難免有一種下墜、糾纏、沉溺的情緒。而為文選體，東坡什麼時候選擇以詩表達心境？什麼時候則選擇填詞？那往往就要看他當時的生涯歷練、時空環境，他的情懷意志是往高處去發揮，用詩呈現一種昂揚明亮、充滿意境的作品呢？還是往低處走去，傳達為一種詞的哀傷、無奈之情？然而，也就因為兼具詩心與詞心，加上他個人的性情、學問、襟抱與達觀的態度，使得他出入於寫詩填詞之間，逐漸的，既能掌握詞的動人韻致，又能於個人生命境界的自我提升過程中，為詞帶進了一份詩的情懷。於是，詞，這配合音樂旋律填寫、依聲吟哦出時空流轉之悲的文體，就有了不一樣的表現、不一樣的意境。

「以詩為詞」是東坡詞不同於前人的特色，為詞帶來了新風貌，也產生了重要的影響，並給予後來的作者與讀者心靈的啟發。

（四）有別——東坡為詞體賦予新精神新面貌

東坡的寫作歷程是先詩後詞。他以詩人的身分填詞，抒情言志，既在樂音格律之中，又時有清遠如詩之筆風意境。他為詞之寫作開啟了新風貌，也開拓了新的境界。一般詞論，普遍認定東坡是「以詩為詞」，是一種變體，而非詞之正宗。

談論東坡「以詩為詞」，要從幾個面向來說。

首先，宋人在詩的世界裡，充分發揮了「詩言志」的功能，表現出「知性的反省」，更將詩的觸覺感觀由個人的情志伸展到日常生活的層面，幾至無事不可言的境地，充滿著濃厚的社會意識；在內心意境的追求上，宋詩可以說明顯反映了宋人達觀開闊的心胸——一種揚棄悲哀的新人生觀充分顯露，而寧靜的心境與詩境更是他們嚮往的境界。至於詞呢，則是用以抒情的文體。那麼，所謂「以詩為詞」，是否也就暗含著「以理入情」、「以理導情」的意思？

東坡被貶黃州的第三年，寫下了著名的詞篇〈念奴嬌〉，其中有這樣的文句：「多情應笑我，早生華髮」。回顧四十七年來的人生，東坡為自己寫下了一個關鍵的詞彙：「多情」。多情，是東坡成為詞人必備的內在特質，但如何面對這份情，面對它所帶來的悲傷情緒？如何紓解這種因人世的責任而帶來的負擔？不論是甜蜜或悲苦，不論是單純或糾結，這些情懷往往是生命中最難躲避、化解的。不過，知識分子的儒家思維以及我們前面曾經論述的，宋代詩人寫詩時偏向生活情趣、人生感悟的理性特質，古文大家東坡、詩人東坡、有著積極用世之心的東坡如果不逃避「多情」所帶來的感傷情懷，那麼他必然得在其中自我調整，尋求化解。

作為一種音樂文學，詞結合了近體詩和當時的流行音樂。音樂的流盪、旋律的反覆演奏，很容易牽動人內在的情緒，使人陷溺於比較綺旎、幽怨、傷感的情調當中；而在體製上，近體詩的格律形式則自有其美學上的要求，平仄對稱、對句運用、上下片構篇……皆加強了音聲的交錯對應之美，也強化了詞體獨特的對比結構；於是，相應於這種形式，詞更是迴盪在情景相生、撫今思昔、歎往傷逝的情調中。當然，文人之筆可以使詞作是文雅的，但既然是要與流行樂音相合，自然也難遠俗，於是，就不容易跳出一般的詞情抒寫，也就不容易擺脫易感的生命所必然面臨的鬱結愁苦。而人在這樣的氛圍中，日久浸淫，自憐自歎，恐怕也會消磨了壯懷逸志。在這方面，東坡有著「自是一家」的醒覺，就是要從這一陰柔細緻的世界超拔出來，不耽溺於音聲，不陷入悲情。在詞的世界裡，他不讓自己被音樂旋律緊緊纏繞，不讓自己局限在窄窄的感傷情愛範疇裡。詞樂撥動了他的心弦，而他提筆填詞，回應了內心的悸動、哀感，但在抒發過程中，卻又藉由詩的技巧、詩人的思維、不自設限的心靈，逐步調和了自己的情理掙扎，也把屬於東坡文學的高雅清麗帶進了詞境之中。

換言之，對於自己的「多情易感」，東坡不壓抑不逃避，反而藉由詞體獨有的抒情格式，深入自己內在的幽微心境，正視人間的悲喜情懷，終而梳理了自我的生命困頓掙扎——這是東坡「以詩為詞」的第一層意義，是屬於他個人生命成長的意義。

「以詩為詞」還有一個更積極、深遠的意義。

王灼《碧雞漫志》：「東坡先生非醉心於音律者，偶爾作歌，指出向上一路，新天下耳目，弄筆者始知自振。」

東坡「以詩為詞」，不只是紓解、提升了他的個人情懷、生命境界，同時也豐富了詞的內涵風貌，改變了詞的地位，影響了後來許多詞人的創作。用詩的句法句式入詞，以脫胎換骨的手法融化前人詩句，如詩一般的使事用典……這些都能增加詞的藝術效果，使詞質更為凝鍊、詞句更加妍美、詞意更形豐富。但除了這些技巧，東坡追慕的還有一種高雅清遠的意境，因此，他更常帶入詞中的是宋詩妙遠的手法。其中口語化、散文化句子的靈活使用，泯除了平仄押韻的規律痕跡，使文氣自然流暢，詞情易於舒放，名篇如〈定風波〉（莫聽穿林打葉聲）、〈洞仙歌〉（冰肌玉骨），皆能於既定的格律中，營造出東坡文學一貫的如行雲流水般的特質，這可不是一般文人能輕易達到的。

然而，我們若要進一步認知「以詩為詞」的深遠意義，則宜再從東坡詞「合不合律」、「有無詞情」、「如何創造高遠意境」等問題切入。

李清照《詞論》批評東坡詞是「句讀不葺之詩爾，又往往不諧音律」，而宋代以來很多論述也都認為東坡的詞不是當行本色，是一種變調。的確，與周邦彥、姜夔等正統婉約派詞人的作品相比，東坡詞與詞樂的諧合情況並非十分理想。但如果我們拋開本色論的立場，試著從東坡本人的創作觀點出發——如前所述，東坡不願耽溺在被音樂旋律所牽引的情懷之中，他有種自我振作、提拔的精神——那麼，我們自然可以了解：對他來說，合不合音律不是重要的考慮，重要的是能不能夠藉助詞的文體特性來抒發內在的情懷。要言之，當東坡以詩為詞，打通詞體的人為規範，一以情性為本，以臻高雅之境，則必然會導致遠離詞的樂音世界。

而詞的正體既然是「婉轉合樂，旖旎近情」，那麼，以詩、雅為尚的東坡又如何處理其中所應表達的情感呢？頗有人就認為，由於東坡詞不合律，因此就少了一種陰柔婉約的美感，表達的情意也就不夠柔順，甚至有人認為他「辭勝乎情」。可是，「情」是怎麼回事？詞能表達、應該表達的又是哪類情感？

詞本來多是交付歌女演唱的，抒發的主要也是一種男女之間的情懷。如果我們簡單的從這個狹隘的角度來講，東坡的詞作確實很少言說男女之情，而書寫兒女情態也確非東坡所長。然而，擺脫浮豔，自創新天地，不耽溺於柔情，並非無情。東坡不全然被音律束縛，同樣的，他也不讓詞中的情意世界只局限在兒女情長。他的詞是他的情性表現，裡面有兄弟之愛、夫妻之情、朋友之義、家鄉之思、生涯之歎，真摯深刻而動人。在那裡面，我們感受了人間情愛的多種樣貌，看到了更廣闊的人文世界——詞的言情世界從此拓寬。

「人有悲歡離合，月有陰晴圓缺」——既然不迴避自我的真情實感，那麼，也就代表著必須面對人世間的哀樂情事。如何面對生命中的困頓起伏、多情無奈？如何在生命的哀感之中有所解悟？這一直是東坡的人生課題，而透過詞的寫作，東坡如何表達它們？

我們讀東坡詞，將會發現「情中有思」是其主調：他正視人間的悲喜情懷，也願意走入內心的衝突、掙扎、寂寞，但卻絕少陷溺於情感的愁苦鬱結之中；他往往能以一種比較正面積極的態度，轉換自己的視野，在情理中尋求內在的平衡，進而展現出較為曠達的胸襟。在東坡的詞篇裡，我們會看到他不黏滯在人情物事當中，每每寫到傷感的時候，多會提筆振起，以景代情，化愁懷於清遠的意境中。如同他特別愛寫的月夜之景，不論是月夜懷子由，寫到：「但願人長久，千里共嬋娟。」抑或赤壁懷古，緬懷歷史遺跡，多情而頓生「人生如夢」之歎，卻又藉「一尊還酹江月」，將悲慨之情融入清闊自然的景色裡。如果詞境就是心境的代表，東坡詞裡所展現的明月清風、遼闊自然，不就是他靈明超曠之心境的投影嗎？

原本，對多數文人而言，詞只是一種微不足道的文體，難以登大雅之堂。沒想到東坡填詞，卻不曾視它為小道末技，反而認真的、用心的面對了這新興的文體。我們看到了他因多情而為詞樂所動，也因多情而配樂填詞卻又不讓格律束縛了真情的自然流動；更因多情，乃得以在出世與入世之間、情與理的對話之中，鋪寫了詞情的多種面向，思考了生命的課題，展現清朗達觀的心境，從而賦予了詞體新生命與新風貌。

文體不應由於出身而有尊卑之分，關鍵是創作者面對它的態度，是人在其中所展現的真誠與生命格調。身為讀書人所景仰的對象，東坡面對詞的態度以及他所寫下的篇章，無形中提升了詞的地位，逐漸寬解文人原先視詞為小道的心理。詞，不再局限於歌兒舞女的藝壇，它也成了文人正常創作的體裁。

文體沒有絕對的界限，人心有無限的寬廣——詞雖有固定的形式，必須依範著格律、配合著樂音，但東坡勇於突破的精神，卻使他在此有限的形式裡伸張了人的心靈自由。詩詞各有其體，各有其本質，東坡隨緣取體，行止自如，遂能出入於文情世界，顯現不同內容與意境，而這裡面一以貫之的是他不曾自我設限的自由心靈。

只要勇敢突破，人就可以在有限的條件之中，開創出自由的空間，也成就了生命的意義——隨後的篇章裡，我們閱讀東坡詞，不獨要認識東坡這位文學大家，透過詞篇瞭解他的生涯歷練、心緒情思，更重要的是，我希望能讓大家一起體會東坡如何在生命的顛簸起伏裡，透過詞的思索，成就不一樣的生命意境。我相信這樣的閱讀，將給予我們許多啟發，使我們能有機會以更寬廣的視野、更自由的心靈面對人生——這正是閱讀東坡詞的現代意義。

二、詞情的深化

東坡杭州詞的創作歷程

（一）由寫景酬唱到遣情入詞

東坡詞的寫作始於杭州。杭州時期的東坡詞，讓我們可以看到東坡由歌筵酒席間的寫景酬唱，逐漸的寫進了個人情思的創作過程，而這也正是「歌詞的文體」轉化為「抒情詩的文體」的過程。

在前面章節裡，我們談過了東坡在朝廷裡與王安石的不合、對新政的批判，以及最後的自行請調。從三十六歲到三十九歲期間，他就在杭州擔任通判。這三年裡，他的老師歐陽修在潁州去世，亦師亦友的陳襄（述古）來到杭州當知州，成了他的上司；而他因職務所在，也曾有一段時間離開杭州，往來於常州、潤州等附近的州郡救災；隨後陳襄改派他處，與東坡同為蜀人的楊繪（元素）接任知州——陳襄、楊繪皆與東坡有著如同師友般的情誼——不久，東坡三年任期將滿，為了能與調派山東濟南的弟弟離得近一些，他就主動請調密州。熙寧七年秋天，東坡離開杭州，而楊繪則比他更早一步離開，奉命調派回京。十二月，東坡抵達密州。從這一段概述，我們可以很清楚的看到：在這三年間，東坡送往迎來，也曾因賑災、督察行政事務等公事離家多時，出差至周遭轄區，如潤州、常州等地。他自身所經歷的、目睹百姓遭逢的，種種生離死別、人間愁苦的事況，必然會帶給他格外深刻的感受。

本來，面對一般的情事，東坡自有他早已純熟的文體——詩文——可資抒寫、議論。但宦途失志、理想受挫、離別感傷等等，莫不深化了多年前就隱藏在東坡內心深處的時空流轉之悲。此時，在秀麗山水間、文人雅聚時，詞樂悠悠響起，迴旋跌宕、旖旎婉轉的樂音格外觸動易感的心靈，長短句的韻律格式正好為東坡提供了另一種文體，讓他多了一個直接或間接抒發鬱結情思的出口。

杭州明媚的湖光山色、樂音悠揚的文人聚會、雅好聽詞填詞的長官前輩，都是促成東坡應歌酬唱、倚聲填詞的外在因素。然而，外在環境只是提供了機緣，引發他創作的意興，也激發他內在相應的情思滋長。但更重要的是內在因素，是他那「人生有別，歲月飄忽」的感歎。這樣的心緒，這樣的情思，正與詞的特質相合——前面我們不就說過：好的創作需要「性與體合」——因此，隨著對文體的熟悉，東坡愈寫愈投入，原是外在的寫景酬唱逐漸轉變為更多個人的內在抒情，寫出了一篇篇動人且具自我風格的詞章。

要更進一步了解東坡的杭州詞，先要認知到：杭州，對東坡而言，是別具意義的地方。離開政局動盪、權力傾軋的汴京，東坡此時身心俱疲；山水清麗、歌舞繁華的杭州，正可讓他暫得休憩。但是，遠離政治核心，終究也意味著有些理想難以實現。所以，我們一方面看到東坡在公務之餘，參加了許多文娛活動，遊山玩水，參訪寺院，舒散身心；但另一方面卻也發現他用世之心未減，因此時有光陰虛度之感，無端生出許多閒愁，心情總在搖盪之際。此時，杭州的風景與人情便扮演了撫慰的角色，有著穩定、平衡的作用。

杭州山水之美，經常讓東坡有重回故鄉、似曾相識的熟悉感。他在詩中就常有類似的句子：「前生我已到杭州，到處長如到舊游」（〈和張子野見寄三絕句〉），又說：「我本無家更安住，故鄉無此好湖山」（〈六月二十七日望湖樓醉書五絕〉）。在外任官多年，家鄉變得遙遠模糊，而杭州卻令他產生如同家鄉的熟悉感，甚至偶會且把杭州當眉州，讓情緒平穩一些。但是，杭州終究不是眉州，相似的景色很多時候反而更令人觸景傷情，勾引出更深的思鄉情緒，進而有人事易變、物不足恃的茫茫之感：

> 春來故國歸無期，人言秋悲春更悲。已泛平湖思濯錦，更見橫翠憶峨嵋。雕欄能得幾時好，不獨憑欄人易老。百年興廢更堪哀，懸知草莽化池臺。游人尋我舊游處，但覓吳山橫處來。（〈法惠寺橫翠閣〉）

這樣的春日悲懷、蒼茫時空之慨，東坡寫成詩，也在倚聲填詞時流露了出來。

除了美好如家鄉的山水之外，東坡尤愛杭州的人情之美。在這裡，他與一般讀書人交往，也接觸了方外之士，談佛論禪，於名山勝水、佛寺僧舍間省思內在、安頓心靈。但更令他珍惜的是志同道合的相契之感。杭州的政治氣氛迥異於汴京，這裡彷彿是反對派的大陣營，被派任來此或鄰近州郡的官員多是反對新政的人，如前後兩位太守陳襄、楊繪，就都是因為批評新法而被迫離開朝廷，輾轉來到杭州。在這裡，大家同是失意於朝廷，卻對政治尚未死心，對仕途生涯仍存有一些理想，同時，心中也都明白，杭州等地終究只是暫棲之所。相似的理念和經歷使得他們在此相濡以沫，平時同游唱和，互相慰勉，可見情誼；一旦離別，卻也格外神傷，不免頓生天涯淪落之感。這些情懷、感思、悲痛，東坡亦復自然呈現在相聚相別的樂聲詞篇之中。

從內容題材來看，東坡杭州詞主要包含了寫景、酬贈、思鄉、送別四方面。前兩項比較容易是配合當下筵席環境為他人而寫的作品，後兩項思鄉、送別之作，就多個人衷懷的流露，常常會是「寫我之篇」。若從寫作時間來看，熙寧七年（一〇七四），東坡三十九歲這一年，是關鍵的一年。前此，紀游寫景，留下來的六、七首作品中，雖有如〈行香子．過七里瀨〉、〈江城子．湖上與張先同賦〉等詞篇，可以看出他駕馭長短句的能力，構篇頗自然，語調亦舒暢，意境也清麗，但卻少了些個人情感的表達。

熙寧七年情形有所改變，主要原因是「別離」。這一年作品激增，且現存三十多首詞，大半屬送別主題，包括送人遠行和自別朋儕。這是充滿離情別緒的一年，先是陳襄他調，楊繪來杭，然後，九月東坡移調密州的命令下來了，隨而楊繪也被召還京師。這段時間，別宴不斷，離情反覆，或應歌而作，或因事述懷，東坡詞作自然就多了。送行留別本來就不同於一般的題贈酬唱，更何況這一連串的別離，所要告別的是亦師亦友的述古、元素，還有三年來慰藉寂寞心靈的杭州山水！因此，在這樣的過程、氛圍之中，東坡詞不知不覺的就由外在寫作的寫景酬贈之篇，轉變成遣情入詞的抒情詩，「人生有別」則是當中的主旋律。

內容情志上的演進是閱讀東坡杭州詞時應留意之處，由此我們可以見識到他如何憑藉先天的文學天分與後天的詩文基礎，快速的熟悉填詞技巧，於寫景酬唱之中先展現了其詩風本有的清麗、自然，而後逐漸寫入個人真摯的情懷——東坡為自己的創作開發了另一個新領域，詞，成為了他的另一種抒情詩。

（二）間接言情的方式及因人而異的筆調

傳統中國詩歌的抒情方式多採間接手法，較少直接抒發情懷，而詞是一種含蓄委婉的文體，在這方面的表現特質上更顯突出。中國詩歌的間接抒情方式主要可分為三種：

一、以景寓情——這是「物我交感」的呈現，把「景物」和「我情」交融，山川草木、日月風雨的描摹，也是個人情思的表象。王國維《人間詞話》說：「一切景語皆情語。」就是直指詩歌中很少純粹的寫景、客觀的寫景，詩人往往景中寓情，將情感投射在景色中，產生一種氛圍，使讀者透過這樣的外在風景感受到的是作者的內在情懷。例如秦少游〈踏莎行〉：「霧失樓臺，月迷津渡」，是眼前實景，卻更是詞人淒迷茫然、無所依歸的悲涼心境。

二、對面言情——這手法是指從設想對方的角度來抒發自己的內在情懷。這是對人情的一種信賴，相信我所思念的對象必然也一樣的掛念著我，是「人我互通」的呈現。柳永〈八聲甘州〉寫道：「想佳人、妝樓顒望，誤幾回天際識歸舟。」就是從自己的思念出發，想到佳人必然在妝樓裡日日思慕著遠方的我，等待我早日歸去，因此，已不知多少回把自遠方航來、經過樓前的船隻誤認為我的歸舟！這樣的設想並無憑據，也難確認，卻流露了一種「理所當然」的深情，而下面緊接著說：「爭知我，倚闌干處，正恁凝愁。」——那日日期盼、誤認歸舟、深情等待著我的佳人，又怎知道此刻我也和她一樣，登樓憑欄，遙望那早已看不見的城市，把對她的思念凝結成永不化解的哀愁——對對方的擬想原來正是源自自己的無限相思！寫得對方愈是深情，抒發的也正是自己同樣深濃的情意。東坡詞曾有句子說：「我思君處君思我」，說的正是這樣的一種人情的信賴。

三、代擬述情——代擬，代他人擬寫，用的是他人語氣，寫的是他人情懷，中國傳統的閨怨詩正是此類抒情法的代表。我們讀作品時，讀到的是閨中怨婦的傷春思遠，然而那女子的身體語言、內在情思卻都彷彿詩人的分身，傳達的悲哀、寂寞、歲月不居、青春不再等等感傷，何嘗不也正是詩人懷才不遇、理想受挫、天涯淪落的悲涼心境？這樣的「代擬述情」法在閨怨詩中既已運用純熟，在本屬歌女傳唱、情思更加婉轉的詞篇裡，自然也就成了習見的抒情方式。

上述三種間接抒情法，我們都將在閱讀東坡詞篇時，看到他靈活的運用。

此外，對寫作者而言，寫作的目的、寫作的對象往往也影響了他的寫作方法，使作品產生不同的聲情語調、不一樣的風格體貌。東坡在杭州開始填詞，從宴席應歌寫作到遣情入詞的認真創作，我們可以注意到：他不獨一種筆調、一種口吻，面對不同的寫作對象、不同的情境心意，他的詞中語境和心境往往就會呈現不太一樣的姿態。這一點在東坡與前後任長官陳襄（述古）、楊繪（元素）的酬唱、送別作品中，最能明顯呈現。下面我將以兩闋詞為範例，進一步帶領大家來看東坡如何透過對不同對象的書寫，形塑其不一樣的風格。

第一首作品是寫給陳襄的〈虞美人・有美堂贈述古〉：

> 湖山信是東南美，一望彌千里。使君能得幾回來，便使尊前醉倒更徘徊。　沙河塘裡燈初上，水調誰家唱。夜闌風靜欲歸時，惟有一江明月碧琉璃。

陳襄賞識東坡，東坡則敬重述古的人格，兩人不只是長官下屬的關係，也有著師友之誼。熙寧七年（一〇七四），陳襄接到新的派令，移守南都應天府（今河南商丘）。兩年來，在杭州知州任上，公事私誼皆令他對這個美麗的城市與身邊同僚有著很深的情感。臨行離情依依，送別回請的大宴小酌不斷，這闋詞就寫於這樣的一次聚會。

有美堂位於杭州城內吳山最高處。嘉祐二年（一〇五七）時，梅摯出守杭州，宋仁宗賜詩有「地有吳山美，東南第一州」句；梅摯來到杭州後，就在吳山最高處建堂，取詩意命名「有美堂」。陳襄臨行前，特別選了這可以俯瞰杭州城的地方宴請僚屬。宴會在黃昏開始，夜深才散。酒過三巡，月光如練，陳襄眺望著山腳下的沙河塘，那兒正是城裡歌舞繁華處，許多歌樓、酒肆、書館都在其中，此夜亦是燈光點點，隱約樂聲傳來……陳襄不禁生出許多感慨，遂請東坡為之賦詞。東坡即席而作，完成了這闋〈虞美人〉。

離別本來就容易令人感傷，何況東坡是多情、重情的人，面對亦師亦友的長官即將離去，他的惜別情懷自然流瀉在一字一句之中；而他也深知不久之後，自己一樣要移調他處，一樣要告別眼前的湖光山色、同僚友人，陳襄在離筵上「慨然有感」，東坡的心情也豈能平靜？因此，這闋詞雖是即席賦寫，卻非一般應酬之作。由於面對自己尊重的長官，東坡的抒情方式採用的是「間接言情」，將內在深摯的情誼和感懷，用清雅的筆調，寫入自然悠遠的景致中。所以，我們讀這闋詞，看到外在景物的描繪，其實都是作者內在心情的投影。這正是王國維所說的：「一切景語皆情語。」

詞的上片應是酒筵初始，天光猶亮，東坡藉昔日仁宗皇帝詩句變化，寫出眼前所見：東南的湖山確實美麗，放眼望去，綿延千里，何其遼闊！寫景之餘，也點出了宴會所在，點出了「有美堂」之名，更為全詞開篇先呈現一覽無遺的寬闊遼遠景色。正是如此美景、如此良伴以及許多共同的記憶，令人眷戀難捨呀！不捨之情遂令東坡轉寫出較為急切的情緒和文辭：使君（指陳襄，使君為古太守別稱，宋代的知州類似古代的太守，故詩詞中會混用）這次離開，什麼時候才能再來此地、再賞此景、再與大家相聚呢？既然重聚難期，那麼此刻更當珍惜——盡情歡飲吧！即使醉倒筵席上，我們也還是要流連不去，決不輕易就離散！

一般來說，詞上下片的設計，多採取「由景及情」的方式，也就是說先寫景，慢慢醞釀氣氛，後面再把情緒一步步推展開，讓情緒自然抒發。然而，東坡此詞卻似乎在上片已完成這樣的步驟。那麼，下片要寫什麼呢？也許吐露了「便使尊前醉倒更徘徊」的激切情緒之後，東坡的心境反倒平靜了下來。他著意放筆書寫外在的景物，讓外景呈現他的心境，也讓自己與讀者在靜默的體察中深化那離愁的況味。

上片既說流連徘徊，下片便承此意，由華燈初上，寫到夜闌宴罷，時間就在景色之中緩緩推移。從有美堂遙望山下的沙河塘，黃昏之際，燈火一一亮起，如同這座秀麗的城市，遠遠看著，本來熟悉的繁華錦繡，竟顯得似遠又近、似近又遠，來來去去的朝廷命官與這個城市的距離，是否亦復如此？此時，不知何處傳來了〈水調〉哀歌——水調誰家唱？〈水調歌頭〉，相傳是隋煬帝開汴河時令人編製的歌曲，編者取材自河工的勞歌，聲韻相當悲切。傳至唐代，玄宗聽後，傷時悼往，亦悽然落淚。首兩句，黃昏燈火，悲涼樂音，東坡運用了詞中常見的渲染情感的方式，藉由視覺的淒迷、聽覺的哀傷，烘托了惜別的氛圍。而樂音的流動也如時間的流逝，離情再多，送別的筵席也終會結束。末句寫夜既深，風已靜，人將歸去，天地間默然無聲，映現在大家眼前的是「一江明月碧琉璃」——

明亮的月光灑落在平靜無波的水面上，江面如碧綠的玻璃，澄澈晶瑩……這樣的美景既具體回應補充了起首所說的湖山之美，更寫出了一種靜美空闊的意境，一種清遠寂寞的情致。句句景語，卻也是句句情語，東坡似乎未嘗多言離愁別緒，卻又在其時空鋪寫的文句間，令讀者「對景徘徊」，感受了陳襄與他以及在座許多文人的心境，混合了送別的哀傷、仕途的茫然、生命的寂寞。而最終的清遠遼闊之境則讓我們初識東坡內在的心靈深度與廣度，這點特質將在他往後的詞篇中屢屢呈現。

同樣是抒寫離情，同樣是因長官而作的詞篇，下面這闋〈南鄉子‧和楊元素，時移守密州〉，卻因寫作對象、情境事況不同，東坡所用的表現手法、呈現的聲情語調和風格，與前一首就不一樣了。

東武望餘杭，雲海天涯兩渺茫。何日功成名遂了，還鄉。醉笑陪公三萬場。　不用訴離觴，痛飲從來別有腸。今夜送歸燈火冷，河塘。墮淚羊公卻姓楊。

楊元素是四川綿竹人，與東坡算是蜀地同鄉。元素為人忠直，本來在朝中擔任御史中丞，因為反對新法而外放。熙寧七年，他接替陳襄來當杭州知州。由於鄉誼和相似的政治觀點，再加上彼此性情相合，所以東坡和他相處甚歡，兩人很快的就建立了友誼。可是，元素七月到任，東坡的杭州通判任期卻已將滿。九月秋末，東坡即將離杭前往新的任所——密州（山東高密）。沒想到才來兩個月的元素卻也接到新的派令，將要回到京師翰林院。於是，這段期間的離筵別席，送行的人也是被送的人，濃濃的離愁瀰漫著此間文人雅士的聚會。聚會之中，樂音繚繞，他們往往互有唱和，抒發無限感慨。東坡這闋〈南鄉子〉正是唱和楊元素同一詞牌的作品。

直接朗誦此作，你就會發現其中的語調聲籟和前面送陳述古的〈虞美人〉是很不一樣的。接著，我們再進一步細讀詞的內容。

東武是指密州。不像前一首〈虞美人〉從眼前景寫起，就眼前景發揮，此詞上片，無論寫別後思念、約定日後還鄉再聚，都從「設想」的角度著筆。藉由對未來的設想，拉遠了時間，延伸了空間，彷彿因此保留了在未來時空的期待，藉此乃得以紓當下的離情之苦。然而，種種設想似乎美好，可是，真正面對未來，感覺到的卻是茫然未定，於是，反倒更增添了一種惆悵不安的情緒。當他去到密州，懷著深情思念回望杭州時，能夠看到的是什麼呢？吳山？西湖？錢塘？「雲海天涯兩渺茫」——密州與杭州，一北一南，雲海相隔，各在天一涯，除了渺茫天際，又能望得見什麼呢？東坡設想離別後的遙望之情，卻寫出了遼闊蒼茫的空間，象徵了不能跨越的距離，流露出相望不相親的感歎，如同杜甫所說的：「明日隔山岳，世事兩茫茫。」

官職在身，註定了我們無法隨意選擇自己的來去定止之處。那麼，就期待未來吧！哪天功成名就，完成了理想，克盡了家國之責，我們就能辭官歸故里，到時候我要好好的陪著您，日日醉笑談歡！因為是同鄉，這份延續情誼的指望也涵蓋了歸鄉的期待。然而，「還鄉」、「醉笑陪公」的前提是什麼？「功成名遂了」——東坡與楊元素都有積極用事之心，但在今日這樣惡劣的政治氛圍裡，如何實現理想呢？所謂功成名就，會不會遙不可及？東坡用了「何日」兩字，寄託了深沉的感慨：什麼時候才能夠功成名就、退休還鄉？如果這個理想始終無法達成，豈不意謂著「醉笑陪公三萬場」的摯情終究落空？那麼，剛剛豪情許下的日後之約，又豈非只是精神上的慰藉而已？

拋開未來的鬱結思念和期約，也許，我們更該珍惜的是離別前的相聚。詞的下片，東坡將情緒拉回到眼前的離席別筵上。「訴離觴」的「訴」有「辭酒」之意，「觴」原指酒杯，這裡就用來代表酒，所以「離觴」就是離別之酒。「不用訴離觴，痛飲從來別有腸」，說的是：不要再推辭這離別之酒了，盡情的喝吧！無須擔心喝多了、喝醉了，由來能夠痛快飲酒的人，就一定有另一個腸子來容納這些酒的。「痛飲」一辭總讓我們想起李白，想起他「會須一飲三百杯」的情懷，而杜甫就說他是「痛飲狂歌空度日」。李白的痛飲，宣洩的是他空有才華卻不見用於世的寂寞與無奈；那麼，此刻自己痛飲也勸人痛飲的東坡，是什麼樣的心情呢？東坡不擅於飲酒，在宴席之上大概就是那經常「訴離觴」的人。不善飲酒卻痛飲，正可看出他壓抑在內心的悲痛有多深。而回顧上片所言，如此痛飲，自是有感於功名之事、理想之業難以成就的無奈。所以，「痛飲從來別有腸」，言外之意倒也耐人尋味，是「傷心人別有懷抱」也。只是歡聚之會愈熱鬧，暢飲之興愈高昂，最終的離別時刻也就更令人難以面對。「今夜」句是從眼前的勸飲之景、惜別之情延伸，設想今夜曲終人散送歸時，兩人依依不捨、惺惺相惜的情懷。「燈火冷」既指宴席結束，餐聚處燈光暗了；也寫夜已深，原本熱鬧的沙河塘亦是燈火零落。稀疏的燈光帶給人淒清冷落的感覺，而在這裡，東坡竟在溫馨的「送歸」與繁華的「河塘」之間放進了「燈火冷」一詞，於是我們於此不獨看到了燈火闌珊的景，也感受到了淒冷寂寞的心境。

結語東坡巧妙的用了一個典故：羊公指羊祜，西晉名臣，德高望重，鎮守襄陽十年，深受人民愛戴。他去世之後，襄陽百姓就在他生前閒暇時最喜歡去的峴山上，蓋廟立碑，依歲時祭拜，永誌感念之情。而許多人路過峴山，見到此碑，讀過碑文，往往會感歎、傷心而墮淚，這塊碑因此被稱作「墮淚碑」。「羊」「楊」同音，東坡於此以比較幽默的語氣來寫宴會主人楊元素送別的情懷：眼前這位殷勤相送、傷心落淚的長者，是如同羊祜那樣令人尊敬愛戴的好長官啊！只是他姓楊不姓羊。「墮淚羊公卻姓楊」一句，利用諧音帶出一種幽默，這在離別場合是少見的，唯有對方是至親密友知交，方能用得恰當，彼此都能神會。所以，透過這樣的結語，東坡傳達了他與楊元素的直爽至交之情，也表達了對這位長官的敬愛，讚賞他是受百姓愛戴的父母官；同時，他不直接說自己的離愁，卻說「羊公墮淚」，用的是「對面言情」的手法——設想筵席結束，終須一別的時刻，楊元素會感傷落淚，而這正是源自東坡內在相同的情懷——燈火冷落、曲終人散的離別時分，送行者墮淚，遠行者又何嘗不潸然淚下呢？

讀過上面兩闋詞，我們可以比較東坡對待前後兩任太守的態度，而這態度也影響了他贈與對方詞作的表達方式與風格：由於陳襄昔日曾向朝廷推薦年輕有為的蘇東坡，兩人的關係接近師友之誼，東坡對他多所敬重，反映在杭州詞中，就會是一種比較深切委婉的情思，借景言情，化離愁為清遠之境。而楊元素為人忠厚誠直，與東坡又多一份鄉誼，兩人的朋友、鄉親之情更勝長官下屬的關係。因此東坡寫給他的作品，情感的表達會比較爽朗、豪宕，用語也更真切自然，且往往會流露出更深刻的功名之戀、故鄉之思與人世滄桑之感。兩種人情對待的關係，發而為文，形成了兩種不同的風格，可見東坡自覺的填詞態度。值得注意的是：前者導引出東坡清麗的詞風，後者則引發了東坡豪宕的氣格，日後東坡詞有「清」、「豪」之境，正是由此發端。

（三）東坡杭州寫景紀游詞的辭情特色

東坡杭州詞的題材最主要有四種：寫景、酬唱、送別、思鄉。相對於其他文體，詞是東坡創作上比較晚才開始接觸的文體。但由於詩文賦等創作之底蘊深厚，兼以他本來就深具文采，天賦又高，因此，雖然三十六歲以後才在杭州填詞，卻很快的掌握了詞的特質，並能將個人的詩才詞情融合發揮，呈現出不一樣的風采。整體而言，寫景紀游應是東坡由寫詩到填詞過程中最易掌握的題材。他的這類作品多工整自然，完全合乎詞上下片的結構要求，且詞情亦跌宕有致，頗能表現一位詩人駕馭詞體、詞情的才華。尤其還可發現他也初步突破了詞，或者說是一般艷情詞的藩籬，以詩入詞，別有一種清麗的意境。不過，畢竟是創作初期，這些詞篇還沒能夠因景抒情、以景喻情、融入更深切的個人情懷，因此，詞的情韻也就不如後面的送別、思鄉詞，來得真切動人。下面我將以兩闋詞為例，帶領大家看看東坡此時寫景紀游作品的特色。

首先介紹的是〈行香子．過七里瀨〉：

一葉舟輕，雙槳鴻驚。水天清、影湛波平。魚翻藻鑑，鷺點煙汀。過沙溪急，霜溪冷，月溪明。　重重似畫，曲曲如屏。算當年、虛老嚴陵。君臣一夢，今古空名。但遠山長，雲山亂，曉山青。

從詞的題材內容就可知道，這不是一般常見的閨怨詞、豔情詞，裡面的時空設計也很不一樣。這闋詞是東坡到杭州以外的鄉縣視察，從新城搭船到桐盧，經七里瀨時所作。七里瀨又稱為七里灘，位於現在的浙江省桐盧縣嚴陵山西邊的富春江上。這裡兩岸山巒夾峙，綿延七里，水流湍急，所以才被稱為七里瀨。漢代曾有賢者嚴光（字子陵）隱居在這一帶，因此，附近有嚴陵山，而七里瀨延伸過去就接嚴陵瀨。詞牌之下，東坡標題為「過七里瀨」，強調了內容所要書寫的是船行七里瀨的過程。這闋詞之所以與一般抒情詞不同，就在於它充分的掌握到景色的流動變化，藉以呈現出時空轉變的感覺，這跟之前大部分詞作的時空設計是很不一樣的。

我們先來看看詞裡面寫景的安排。上片主要是寫溪景，下片則是山景，這一點完全符合傳統詞作上下片文句情境相對的狀況。不過，雖然是謹守詞上下片的結構模式，東坡依舊顯露了自己不一樣的才華，其中對景色移動的描述，更是突破了過去詞的藩籬。

這闋詞的上片結語三句是很精彩的：「過沙溪急，霜溪冷，月溪明。」三句排句，句子很短，節奏又快，三個「溪」字緊密重複，單從聲音的節奏，就已巧妙的把船經險灘，人所感受到的急速變化的經驗呈現了出來，這在以前的詞之寫作中是幾乎沒出現過的。而三句三景，有三種感覺：經過沙溪時，強烈感受到的正是七里灘著名的「水流湍急」，是「急」的感覺；隨後船經過的是一段霜氣瀰漫的水域，氤氳水氣帶來涼意，而天已向晚，更使涼意轉為「冷」的感覺；穿過冷冷的霜霧，穿過傍晚的時光，船來到月光下明亮的溪水上。你看，短短三句，東坡就帶著我們很有層次的感受了水流之湍急、水域之霜冷以及月光下明淨的水色。而這樣的書寫，傳達的不只是船速，不只是空間的變化，事實上也暗示了時間的流動。這在詞情的傳達上，的確是一種新穎的手法。

那麼，相對應的下片呢？下片寫的是山。但在「重重似畫，曲曲如屏」的描述之後，東坡寫進了一種感歎：「算當年，虛老嚴陵。君臣一夢，今古空名。」詞是絕少純然寫景的，其中總會暗含人事、別有情思。這裡的感歎正是這闋詞的情意之所在。不過，此時東坡的重點倒不是要強調人生虛幻的感覺。君之好賢德，臣之堅守自我的選擇，如同漢光武帝與嚴光，時移事往，君臣皆成過往雲煙，徒留空名——反倒是山水恆在（「嚴陵山」、「嚴陵瀨」正是自然永恆的註記）。所以，東坡這段喟歎，襯托的是時空移轉中大自然的永恆。因此，接著他寫道：「但遠山長，雲山亂，曉山青。」上片結以三種溪景，下片換寫三種山景，這是非常工穩的對仗。工穩中卻又別有變化，寫溪景時比較著意的是身體的感覺，寫山景則呈現了視覺的描繪，顯現了東坡另一才華。東坡是詩人，也是畫家。「遠山長，雲山亂，曉山青」讓我們看到了畫家東坡對景色的一種立體的、有層次的呈現方式。遠處的山一脈相連，綿延直到天際，這是「長」；而山巔雲霧繚繞、濃淡不一、時有變化，所以用「亂」字寫其動態；然後，東坡告訴我們：晨光中的山色綠意盎然——從「月溪明」到「曉山青」，自自然然的景色描寫中，時間就從晚上拉到了第二天的清晨。這令人想起了李白著名的詩句：「朝辭白帝彩雲間，千里江陵一日還，兩岸猿聲啼不住，輕舟已過萬重山」，同樣是以快速的節奏呈現了時空的變換。但李白寫的是絕句，筆法簡潔俐落，東坡寫的是詞，難以用相同的手法。然而，利用「行香子」這個詞牌的特性，他以上下片各三短句的排列方式，充分展現了空間的變化，也寫出了時間的推移。從白天到晚上，再到次日清晨；從溪景到山景，更推到遠山雲繞；而夾在其中的還有光武嚴陵的史事之歎；這些都讓我們看到了一種從個人到歷史、自然，逐漸開拓延伸的時空感。這種描寫手法、篇章鋪排的方式，往後在東坡的長篇詞作裡，將會有更具體、靈動、俐落的表現。

接著，我們要看的是東坡在這個時期相當傑出的寫景作品〈江城子・湖上與張先同賦，時聞彈箏〉：

鳳凰山下雨初晴。水風清，晚霞明。一朵芙蕖，開過尚盈盈。何處飛來雙白鷺，如有意，慕娉婷。　忽聞江上弄哀箏。苦含情，遣誰聽。煙歛雲收，依約是湘靈。

欲待曲終尋問取，人不見，數峰青。

東坡開始填詞，即如寫詩一般，習於命題，而非只是協樂、標示詞牌而已，前面我們讀過的幾闋詞皆可見到這個特色。這種詞牌之外，另加「詞題」、「詞序」的作法，在之前的詞人創作上是比較少見的。「湖上與張先同賦，時聞彈箏」一題，清楚的交代了寫作的背景，也透露了詞的上下片結構。

張先，字子野，詩風清麗，也是當時著名的老詞人，與柳永齊名。他晚年自官場退休，優游於杭州、湖州之間，嘯歌自得，雖已是八十餘歲的高齡，聽力、視力仍然很好。東坡在杭州開始填詞，文人雅聚之間，時與之唱酬，創作上應多少也會受其影響。這闋〈江城子〉是兩人同遊西湖時所作。說「同賦」，表示張先同時也有創作，可惜作品卻沒有流傳下來。而我們想像當時東坡能與著名的老詞人「同場較勁」，應該會格外用心。將詩意注入詞中，無形中為詞開拓了另一種新的意境，何嘗不是兩位詩人兼詞人有意無意間的「較勁」之下，可能激發出的一種新光采呢？

初期的東坡詞在構篇上，往往採用上下片分寫不同情景的模式，這闋詞也不例外。詞的上片寫湖上所見的景色，是視覺的描繪；詞的下片則寫聽聞箏樂的情境與感受，是聽覺的擬想。

熟悉東坡的詩詞之後，你會發現他很喜歡寫兩種景色：一是雨中或雨後放晴之景，一是月夜之景。此詞上片寫的便是西湖雨後放晴的美景。詞一開始先鋪寫出水天明麗的景色，而就在這樣的江面清風、天邊晚霞的背景之中，以一朵荷花突出畫面，再以一雙白鷺鷥襯托荷花開過後猶有動人姿態之餘韻，寫來甚有情味。詞之寫作往往就是採取這種由遠而近、由外而內的渲染手法，句與句之間有著綿密的關係，彼此呼應。結語「如有意，慕娉婷」，是很生動的擬人化，說花是美麗的女孩，令白鷺鷥忍不住也想一親芳澤。娉婷，本來是用以形容女子體態之輕盈美妙，後來常用作美人的代稱；「慕娉婷」一語，既將荷花擬作美人，更帶引出下片的彈箏女子。由虛筆到實寫，銜接得相當自然，使得上下片不是機械性的分隔，而是有著承上啟下、似有若無的靈動聯結。

下片寫箏曲之動聽，有令人恍若置身仙境之感。當詞人凝神於一朵芙蕖時，突然聽得湖上傳來箏樂。樂音婉轉悠揚，蘊含深摯的情意，是彈奏者真誠的心曲，而這心曲是為誰而彈？是期待誰來聆聽？提問至此，不待答案，東坡反而筆鋒一轉——煙斂雲收，依約是湘靈——他以渲染的筆法，不寫聆聽的人，卻說大自然亦被樂音感動：煙靄為之斂容，浮雲為之收攏。其實，這也是雨後的實景描寫：雨後放晴，初始天際山巔湖面仍不免留有雲絮、水霧，而後氤氳水氣散盡，薄雲往往也漸稀疏。「斂」字、「收」字既實指煙雲散去，卻也巧妙的將煙雲擬人化了，說它們如人一般斂容收心，沉醉於曲韻之中。換言之，這箏曲之美妙何止動人心魂？是連天地都會為之動容啊！「此曲只應天上有」，東坡不禁猜想這恐怕是湘水女神的樂音吧！為了不中斷音樂的演奏、不破壞此刻美好的氛圍，因此，東坡「欲待曲終尋問取」，想等待曲子結束之後，再去探問：演奏者是人？是神仙？然而，結筆留給我們的卻只是：「人不見，數峰青。」——樂音渺渺，芳蹤渺渺，遠處的山峰青翠如洗，天地間復歸平靜，微波蕩漾之中，種種情節化實為虛，似有還無，寫來幽渺迷離、空靈脫俗。

這闋詞，由山景起，再以山景結，描述雨過山青間之荷色與箏聲，前後呼應，情深意遠，虛實之間，清雅靈動，別具詩之韻致。於此，我們可以發現，東坡早期詞作其實已經可以見到他「以詩入詞」的特色，且手法也相當自然了。

（四）送別思鄉「淚」詞中抒情自我的顯現

寫景紀游的作品，描繪景色，敘述出外遊賞的狀況，是比較客觀性的書寫，東坡也頗能在此展現詩才，輕鬆駕馭此類篇章。但若論情意之表達，則寫景紀遊的詞篇不免就有所不足了。真正要體會東坡杭州詞的抒情特質，就應看他的送別思鄉之作。這類的題材牽涉的是人事，抒發的是自己與他人之間、自己與故鄉之間的心緒情思，因此，東坡個人的真實內在自我往往也就會在這一類作品中流露出來。且隨著他對詞調愈來愈熟悉，也就愈來愈能將自己的情懷投入，從比較舒緩平靜的表達，慢慢的轉為深切的真情流露，而其中「東坡淚」的主題是值得我們仔細體會的題材。東坡如何透過詞來抒發他因悲從中來、想念甚多、思深意遠之後產生的情意，「淚」，無疑是很好的一個意象。

前面我曾經提過東坡對杭州的情感混雜著對故鄉的情思，因此，很多時候，當他寫對杭州城的思念時，也常常寄託了思鄉的情懷。熙寧六年到七年之間，亦即從前一年冬天到第二年春天，東坡因公離杭，到周遭縣市巡察訪視。由於離開的時間較長，不禁令他特別懷念杭州，而留下了「憶杭」兼「懷鄉」的作品。

首先，我們來看看這首〈卜算子．自京口還錢塘道中寄述古太守〉：

蜀客到江南，長憶吳山好。吳蜀風流自古同，歸去應須早。　還與去年人，共藉西湖草。莫惜尊前仔細看，應是容顏老。

詞一開始，他先自稱「蜀客」，一位作客江南的四川人，這首詞有著「異鄉人」的心情，然而這位異鄉人此刻懷念的卻是吳山的美好，也就是杭州的美好。為什麼呢？因為「吳蜀風流自古同」。在東坡的心目中，吳地、蜀地自古以來的民風雅韻是相似的，而當蜀地故鄉遙不可及時，杭州所帶給他的熟悉感與溫馨感，無疑就成了可以暫代故鄉的地方。所以說「歸去應須早」——既然杭州如老家，就不應再蹉跎，要早早啟程歸去啊！下片承「歸去」之意，也是寄語述古之意。急著想回杭州，是因為希望不要錯過春光，希望仍然可以像去年一樣，和你們一群好友「共藉西湖草」。蜀客不回蜀地，退而求其次，就近選擇像故鄉的杭州當思歸的所在，這其實是非常無奈的選擇，甚且，如此選擇，他依然無法立刻回到杭州，依然必須暫時漂泊在杭州之外的「異地」，於是，反而讓我們更深刻的感受到了他的鄉愁。結語「莫惜尊前仔細看，應是容顏老」——久別故鄉也好，暫離杭州也好，聚散之間，永不停息的時間最無情，不論我歸去早否，與去年相比，你我都應老了些——這不正是前面我曾提過的，東坡內在最深沉的哀傷：「亦知人生要有別，但恐歲月去飄忽」？暫離杭州，憶想此處風景人情，都不免感受到人生飄蕩、歲月不居的無可奈何，更何況是面對那遙不可及的歸鄉之路與理想追尋之道呢？

〈卜算子〉的情緒表達尚稱平穩，接著我們再來讀兩闋詞，可以更深刻的體會東坡思鄉詞中的淚痕。

第一首是〈醉落魄・離京口作〉：

輕雲微月，二更酒醒船初發。孤城回望蒼煙合。記得歌時，不記歸時節。　巾偏扇墜藤床滑，覺來幽夢無人說。此生飄蕩何時歇？家在西南，常作東南別。

東坡於熙寧七年正月離開京口，京口在江蘇，這是他此次因公造訪的幾個縣市之一。短暫停留數日又要離去，這樣的輕離暫別若只是偶一發生，也許就不會令人產生特別的感受。但是，當它頻繁出現，再加上面對前途的不確定感，對於一個正當盛年、充滿理想且又多情的心靈而言，恐怕就格外要體認到生命失根的無奈！這闋詞從船已開離京口，自己從朋儕的送行酒醒來的夜深時刻寫起——孤城回望蒼煙合，待過的城市又再度隱沒在茫茫煙雲間——孤獨的是離自己愈來愈遠的城市，也是漸行漸遠的自己。而在此時，東坡說：

「記得歌時，不記歸時節」，留在孤獨旅人記憶中的是與朋友的歡聚景象、快樂心情，至於黯然離別那一刻呢？不記得了！是因醉意太濃？還是不願面對，所以也就刻意忘卻？下片先寫酒醉不穩、舟行搖晃的姿態，呈現的是「飄蕩不定」；而後寫的是夢醒之後的「孤單寂寞」；於是，乃有「此生飄蕩何時歇？家在西南，常作東南別」的悽惶感歎。東坡是四川人，四川在中國西南，現在這位遠離家鄉的遊子來到了東南方，而離開家鄉本來就意味著結束了一種安定不變的生活，可是卻沒想到也成了一連串離別的開始！在長久離家的歲月裡，在此東南方的江南地區，東坡的生活中仍不時參雜著各種短暫別離。他往返各處，每到一個地方，不多久又要離去，常與新舊友人聚散匆匆，而這一切都是他難以自主的。不斷的客中送客、別中有別，難怪他不免要有這樣的感歎：什麼時候才能終止飄蕩無所歸的生活呢？在這闋詞中，東坡似是直抒情緒，卻又頗為曲折，讓人低回不已，這就是詞的情韻。另外，我們還可以注意到，東坡很多時候會選用名稱與詞中情境相近的詞牌，頗有以詞牌為題的意思。這裡，他選〈醉落魄〉，則令人不禁想起杜牧的詩句：「落魄江湖載酒行」，詞中所反映的不就是類似的漂泊落魄的心境？

接著我們來看看同時期的另一闋作品〈蝶戀花．京口得鄉書〉：

雨後春容清更麗。只有離人，幽恨終難洗。北固山前三面水，碧瓊梳擁青螺髻。

一紙鄉書來萬里，問我何年，真箇成歸計。回首送春拚一醉，東風吹破千行淚。

寫於深夜行舟之中的〈醉落魄〉，深沉寂寞，但情緒上依然有所壓抑，而這首〈蝶戀花〉，寫旅途中意外收到來自故鄉的書信的心情，於明麗的雨後春景中，竟真切自然的流露了難以平抑的思鄉情淚。詞的上片是一幅很美的江南春景，剛被雨水洗過的天地，清麗明亮，水碧山青。不過，其中卻插入了兩句「只有離人，幽恨終難洗」——恁春雨能將自然山水洗得清亮動人，但終究還是洗不去異鄉遊子的離恨鄉愁啊！景色愈明淨亮眼，反倒襯托出對景懷鄉的離人心境愈是黯淡鬱結。於是，下片「一紙鄉書來萬里」便輕易地揭開了長久壓抑的、無法化解的幽恨！山不見了，水不見了，我們讀到的是故人來自家鄉的殷勤探問：什麼時候真的回家啊？水闊山遙，家在萬里之外，什麼時候真的回家啊？記得之前我曾說過的東坡與弟弟的「夜雨對床」之約嗎？實現理想，盡了人生職責，再無眷戀的自官場退下，如同年少時一起離家，最後也要一起回到故鄉，共讀詩書，同享田園生活……然而，多年宦途生涯已經使東坡逐漸領悟到：理想與現實的差距何其大，人在仕途之中又是多麼的身不由己。何年成歸計？本來是一句溫暖的探問，卻觸動了內心深處的悲痛。回首送春，又是一年春盡，時間從不停歇，歲月總在磋跎中消逝，而家鄉依舊在遠方，歸期呢？飄渺如風中雲絮……在溫暖的東風裡，原本想藉雨後清景安撫心境的東坡，終於因一紙鄉書而淚如雨下。東風吹破千行淚——這淚水不是許多詞篇裡男女離別時的感懷情淚，不是藉由女子的情緒代替男性的落淚；這是屬於個人的生命感受，是士大夫面對生命飄蕩、歲月飄忽，情不自禁的悲痛淚水。

想念家鄉，難掩心傷，情到激動處令東坡寫出了「回首送春拚一醉，東風吹破千行淚」。而在送別故人的作品中呢？起初在將行未行之際，東坡通常還會壓抑著情緒，藉歌女述情、代為落淚；但當離別在即，或所送別的人已然離去，則此時此情此景，就往往會令他內心難以平靜，潸然淚下。在東坡送別陳述古的系列作品中，正可以看到這樣的演變。

首先，我們來看〈江城子．孤山竹閣送述古〉上片：

> 翠娥羞黛怯人看。掩霜紈，淚偷彈。且盡一尊，收淚唱陽關。漫道帝城天樣遠，天易見，見君難。

這裡東坡所使用的寫作方式就是前面提到的第三種間接抒情法：代擬述情——借歌女的口吻代寫離別的情懷。詞中以扇掩面、珠淚暗彈、強忍悲痛、勸酒唱驪歌的是「翠娥羞黛」，每句詞、每個描述都是送別酒席上，歌女依依難捨的深情。離別的眼淚是歌女為即將離開的陳述古而流，只是啊，想像這樣的場景，我們是否也一樣會感受到，同處此境的送者與被送者何嘗不也同為離情所苦？

接著，我們看這闋〈菩薩蠻．西湖送述古〉：

秋風湖上蕭蕭雨，使君欲去還留住。今日漫留君，明朝愁殺人。　佳人千點淚，灑向長河水。不用斂雙蛾，路人啼更多。

從述古確定調離杭州後，同事友人的設宴送別就一場接一場，東坡的送別詞也一首接一首。然而樂曲終會演奏到最後一個音符，離席別筵也會來到最後一場，這闋〈菩薩蠻〉之作大概就是已到述古真正要離開杭州的時候了。詞的表達方式仍是借他人的情意神態來寫無限離愁，其中的情緒渲染則更比前作動人：詞之上片，秋風秋雨已是令人感到蕭瑟哀淒的景色，而欲去還留的使君、想挽留卻又知其不可能的送別者，更讓此刻無比蒼涼，於是，東坡隨而便說：「佳人千點淚，灑向長河水。」佳人流不盡的淚水如雨水紛紛落入江河，彷彿要與流水伴同使君直到遠方，多麼綿延難斷的離愁別恨啊！然則，送別使君的淚還不只佳人的淚，流下更多淚的是那捨不得好長官離去、等在路邊送行的百姓啊！整闋詞未曾寫到自己的個人情緒，可是，詞中秋日的蕭蕭風雨、茫茫江河水和佳人百姓的淚都已難分難解，迷漫成天地間令人神傷的離恨——這何嘗不是東坡心境的投影呢？

上兩闋作品都是寫於送別的聚會，是多人飲宴的場合，且有歌女唱曲代言，因此，東坡對於個人情緒的抒發是比較節制的。但是，下面這闋〈南鄉子．送述古〉就直接呈現了他與述古的深厚情誼和深刻的離情別緒，可以說是東坡淚詞的代表作。

回首亂山橫，不見居人只見城。誰似臨平山上塔，亭亭。迎客西來送客行。　歸路晚風清，一枕初寒夢不成。今夜殘燈斜照處，熒熒。秋雨晴時淚不晴。

東坡送別陳述古，一路陪著他搭船直到臨平鎮，兩人才正式告別。此地一為別，後會難再期，東坡心中的離愁是非常沉重的。

詞的上片寫出城送別的情景。東坡說：我一路相送，與你來到臨平，在這兒回望所來處，亂山環繞，隱約間只看到遠方杭州城的城郭，卻再也看不到住在其中的居民了。這兩句呈現了頗為蒼茫、空漠的景象——山之亂，暗喻人面對離別時混亂的心緒；見城而不見人，一派清冷，是漸行漸遠的實景，也反映了人與人遠隔的落寞心境。而這一座城曾是陳襄的管轄地，在這兒，他處理政務，受到百姓愛戴；與同事朋友飲宴同遊、談心論事，留有許多記憶；然而此際，曾經熟悉的杭州人民已經遙不可見，至於那依稀可見的城郭，在述古轉身一去之後，也將只能留在記憶深處。

山城寂寂，人情依依，但東坡接著並未正面寫相送之情，反倒是以臨平山上塔來映襯。這座塔亭亭聳立於山上，俯看著路上行人西來東往，聚散離合，而塔卻始終沉默以對，不為所動。但人能如此塔嗎？「誰似」——東坡用激問的語氣，暗暗表達了自己內心難以解脫的深悲。畢竟人非古塔，塔無情，人卻有情，面對送往迎來，豈能無動於衷呢？這闋詞上片以自然景色、人造建築的漠然，對照人情的無奈，看得出東坡仍似壓抑情緒，儘量作客觀性、表面性的描述，不就自己送別述古之事直接流露心聲。然而，當東坡寫道「迎客西來送客行」，是否也喚起了他「客中送客」的悲感？

之前幾首送別述古的詞，都用間接的手法言情，但到了寫作此詞時，東坡自知這是真正的告別了，此後要再相見恐怕遙遙無期。於是，詞的下片描寫別後情境時，所有試圖壓抑、平撫的情緒彷彿來到了臨界點，終於充分發洩了出來。「歸路晚風清，一枕初寒夢不成」——別後返家的路途是剛剛師友同行的路途，而同樣的路卻少了談話的人，只剩漸漸暗了的天色、清清冷冷的風；晚風清，是實際的情景，也是別後歸來的黯然清寂心境。帶著如此心情，自然也就難以入夢，這個晚上註定了是失眠的一夜，只能獨對一盞燈光，看它光影微晃，逐漸燒盡。東坡結語說：「秋雨晴時淚不晴」，下了一夜的秋雨都停了，而我的淚水卻依然流不盡！這裡東坡用了文學的誇飾、類比手法，寫出了惜別的深情。

這闋詞以塔的無情反襯人的多情，以幽微的殘燈烘托淒然的心境，以雨停對照淚不止，由景及情，委婉動人，表達了友情的深篤誠摯。從初試填詞時的間接抒情到直接抒發個人情思，不論是前面我們讀到的〈醉落魄〉、〈蝶戀花〉等思鄉詞或是這闋送別詞，東坡填詞已經不止純然的外在抒寫。當淚水不再只是自歌女眼中流出，而是流自東坡內在的心靈悲痛，如況周頤《蕙風詞話》所言：「至真之情，由性靈肺腑中流出。」東坡詞就不再只是應合場景寫作的歌詞，更成為東坡用以直抒胸臆的一種抒情詩。藉由詞體，東坡寫出了一己的哀愁，也為自己的抒情文學掀開了新的一頁。其後，他將在密州時期，更深切的展現此一特質。

三、詞境的開拓

東坡密州詞的情意世界

（一）由杭赴密詞中的老病之歎

東坡通判杭州，由寫景酬唱到遣情入詞，由「為他」之作衍變為「寫我」之篇，初步意識到詞的「抒情」和「言志」功能；隨後，他轉任密州知州，承續之前的體認，進而形成了既「婉約」又「豪放」的詞風，建立個人獨特的風格，並逐漸導向「清曠」之境的開拓。由東坡此期的名作，如〈永遇樂〉（長憶別時）、〈沁園春〉（孤館鐙青）、兩首〈江城子〉（十年生死兩茫茫、老夫聊發少年狂）和〈水調歌頭〉（明月幾時有），可以清楚看到這一發展脈絡。貫穿這時期的東坡詞有一深沉的時空憂患意識——「人生有別」、「歲月飄忽」——之前我曾經提到這正是東坡填詞的內在動因，而在這一段時期有了更進一步的發展。面對這樣的時空之感，東坡入乎其內，出乎其外，我們讀他此時的作品，往往可以見到他以理導情、自我紓解的一番努力。因此，觀察東坡這一段創作歷程，可以深刻體會一種抒情文體與作家內在生命的緊密關係——東坡因詞而識情、悟理，詞亦因東坡而體尊、境闊。

貫穿這時期的時空憂患意識，在詞作裡具體呈現的就是「老病之歎」。

杭州三年後，東坡自請密州。密州在山東，治所在諸城，古稱東武，就是現在的山東諸城。這個地方開發雖早，但到了宋代，繁榮卻遠不如杭州。東坡為什麼會請調來此呢？主要是因為前不久弟弟子由已被派到濟南，他往密州途中正好可以順便前去相聚些時日，且日後兄弟倆都在山東，要互通信息、探訪彼此，似乎也容易些。三年前，熙寧四年（一〇七一）的秋天，他們在潁州話別，東坡赴杭州，子由則到陳州。當時，東坡寫給子由的詩說：「問我何年歸，我言歲在東。」「歲在東」是指甲寅年，也就是熙寧七年（一〇七四）——依照宋制，官職大約三年一任，期滿就會調動，所以東坡據此和弟弟訂下了三年之約。而在東坡心中充滿著人生飄蕩、歲月不居的感慨時，能如約和弟弟會面，是特別有意義的。因為這讓他得以深信：不管世事如何變幻，不變的永遠是這份兄弟情。

熙寧七年九月，東坡離杭北上，經過湖州、蘇州、常州、潤州、揚州、滁州、海州等地方，於十二月三日抵達密州。在這六十多天裡，他寫了十餘首詩，卻填了二十多闋詞——總覽東坡的創作生涯，就以這時期填詞的密度最高，也是唯一詞作數量超過詩作的時期。而這些作品的內容不外乎「行役之苦況，家國之悲痛，仕途之浮沉，人生之悲涼」，歲月飄忽之感濃烈，深刻表達出「老」、「病」的感歎。為什麼會有這樣的現象呢？

前面我曾提到，東坡在杭州時，長官同儕多是因反對新法而南來者，彼此之間有種「相濡以沫」的情感，往往於送別之際更易滋生「同是天涯淪落人」的感慨。而由杭赴密途中，他先後在湖州、蘇州、楊州、海州等地，與多位舊雨新知相會，這些人也大多是因不滿新法、與王安石不合而補外的。東坡一站走過一站，客中送客，酒筵歌席不斷，卻也聚散匆匆，倍增宦遊漂泊之感，無怪乎「人生有別，歲月飄忽」的感受更加濃烈，自然詞中也就大量出現了「老」、「病」字眼。

例如在蘇州的離席上，由於東坡此年因公務已來訪兩次，這是第三次來了又要離去，因此便有歌妓多情問到：這一次來過之後，是否仍會再來？問者神情哀傷，席上聞者也不免心有戚戚焉，東坡為此填寫了〈阮郎歸．一年三過蘇……〉，詞中就有這樣的人生感慨：「情未盡，老先催。人生真可咍。」而同樣是寫於蘇州離別之際的〈醉落魄．蘇州閶門留別〉，開首便說：「蒼顏華髮，故山歸計何時決？」青春不再，歲月催人老，而自己卻依然困在仕途之中，進似不可得，退亦無方，徒然輾轉漂泊……進退無據的茫然、時間不斷流逝的感傷，躍然紙上。

「老」的感歎源自「歲月不居，事功無成」的焦慮無奈，而這樣的無奈在猶有用世之心且復多感的心靈裡，層層累積，難免形成了極大的挫傷，是生命裡難以承受的悲痛——「病」的感覺就是這樣產生的，不是身體的病痛，而是心理的抑鬱難解。

東坡到潤州時，有機會同好友孫巨源等人歡聚於當地名勝「多景樓」。勝景、好友，還有善彈琵琶的美麗歌女，這是一次難得的聚會，大家都頗為盡興。在一日將盡，殘霞晚照的美景中，東坡應孫巨源之請，填寫了一闋〈采桑子〉，留下這場歡聚的剪影。詞的上片說：「多情多感仍多病，多景樓中。尊酒相逢。樂事回頭一笑空。」能與好友在一起，賞景、喝酒、聊天、聽音樂，應該是多麼快樂的事啊！東坡在詞序裡也說：「真為希遇。」可是他第一句卻先說「多情多感仍多病」，許多情誼、許多感懷、許多愁病——好友相逢同遊的歡樂不正來自彼此的情誼？然而情愈多，對世事萬物的感懷也愈多，因之帶來的感傷、哀痛更多。東坡說：「多景樓中，尊酒相逢」，這是總括今日的樂事，可是他緊接著卻感慨：「樂事回頭一笑空」。就在我們的笑語中，一日將盡；就在我們轉頭他去時，這些歡笑也終究化成往事、化成過往塵煙……

不久之後，東坡在京口與楊元素相聚，寫了〈醉落魄．席上呈楊元素〉，上片云：「分攜如昨。人生到處萍漂泊。偶然相聚還離索。多愁多病，須信從來錯。」詞中流露了一種悔不當初、人生漂泊無定的悲涼無力感。

這些老病之歎，這類悔恨、茫然、無奈的字句與情緒，充斥在由杭赴密的詞作中。如此消沉的意態，在東坡過去的文學作品中是不曾出現的。

（二）抒情言志的兩種表現方式

雖然，東坡由杭赴密的詞作時見「老」「病」之歎，但是，他的性情中有一特色：每當情緒掉入悲傷的泥沼之中，他理智的機制很快就會自動的進行調和疏導，使自己不致沉溺其中，往而不返。這當中有兩闋詞值得留意，一是〈永遇樂·孫巨源以八月十五離海州……〉，一是〈沁園春·赴密州早行馬上寄子由〉。兩闋詞皆為長調，是東坡早期詞作難得出現的體製，且分別延續了杭州時期寫給陳述古、楊元素之作的兩種風格：一抒情，一言志；一表現為清婉，一表現為雄豪；前一首寫得細膩，情思清婉，別有風神，後一首則文筆揮灑，鋪敘、描寫、議論交錯運用，於詞中直抒襟抱理想。

永遇樂 孫巨源以八月十五日離海州，坐別於景疏樓上。既而與余會於潤州，至楚州乃別。余以十一月十五日至海州，與太守會於景疏樓上。作此詞以寄巨源。

長憶別時，景疏樓上，明月如水。美酒清歌，留連不住，月隨人千里。別來三度，孤光又滿，冷落共誰同醉。捲珠簾，淒然顧影，共伊到明無寐。　今朝有客，來從灘上，能道使君深意。憑仗清淮，分明到海，中有相思淚。而今何在，西垣清禁，夜永露華侵被。此時看，回廊曉月，也應暗記。

這首詞通篇繞著月亮寫作。一輪明月，跨越時空，由這頭說到那頭，擬寫兩人想望之情，正是日後〈水調歌頭〉「但願人長久，千里共嬋娟」的前奏。

孫巨源，揚州人，與東坡同年，原在朝中諫院做官，因反對王安石新法，與東坡一樣自請外調，出任海州知州。海州，古屬東海郡，現在是江蘇的連雲港。熙寧七年秋天，東坡由杭赴密北上時，孫巨源也正好三年一調，從海州被調回京師，擔任修起居注（記錄皇帝日常言行）、知制誥（替皇帝擬稿）的工作。卸下海州知州，赴京之前，孫巨源就近先回揚州老家探視。十月，東坡來到潤州，揚、潤一水之隔，兩人遂相遇同遊了多景樓、甘露寺等地，作詩填詞，暢談甚歡。離開潤州，兩人又因同路，一起走到楚州才分手。東坡赴密，因此離開大運河，往東經漣水，北折道出海州；而孫巨源還朝，所以就要轉淮河水系以赴京師。十一月十五日，東坡到達海州，與新任知州陳某相會於景疏樓，想到三個月前，原是此地首長的孫巨源就在同樣的地方宴別，不勝感慨，分外的想念起他來，於是就寫了這闋詞寄送給他。

詞的上片寫面對景疏樓的月色想起幾個月前亦在此地作別的孫巨源，由此對照出今日此地作客的自己，沒有好友相伴的寂寞。「長憶別時」——詞一開始便從懸想三個月前的八月十五日，孫巨源在景疏樓上設座宴別的情景寫起：「明月如水，美酒清歌」，多麼清雅、令人陶醉的氛圍！此情此景，孫巨源如何捨得離去？可是卻也終究無法留下。而同樣依依不捨、留連不去的是多情明月——月隨人千里——明月就這樣一路相伴，隨著巨源迢迢千里北去京師……

千里的空間，自然帶出相對的時間變化——三個月後的今天，又是月圓之夜，而這一回，同樣的景疏樓，宴席上，東坡來了，可是巨源早已離去。少了好友，縱然有美酒清歌，卻不免徒增清冷寂寞；想要暢飲歡樂，卻不知能與誰共飲同醉？夜闌人散，捲起珠簾，淒然回顧，看到的只是月光下自己孤單的身影，伴隨著天上的明月直到黎明到來……今夜，是無眠的一夜。這半闋詞既寫出了物是人非的感歎，也表達了作者思念故人的深厚情誼。

這一夜，為什麼會有這樣的情緒呢？下片一開始，東坡倒敘了白天發生的事況（也應是無眠的深夜裡止不住的回想）：原來今日有客人從濉上來，他在途中曾巧遇北返的孫巨源，因此受託帶來了巨源的深切思念與真摯問候。這番情意，東坡用了具體的意象來形容：相思難忘之情已化作點點清淚，落入江水，一路由濉水借淮水經大海，流到了我的身邊。這水有多長，思念的情意便有多悠長——將無情的江水想像成有情之物，於是，江水就不再只是冰冷的水滴，而是充滿著熱淚，代表了溫暖的友情。

而客人已來到海州，那麼，巨源此刻想必也抵達京師多時了。「使君深意」既然不因當日楚州一別而斷，那麼，東坡亦深信回到汴京的巨源思念故人之情必然依舊。今夜，東坡望月懷人，將心比心，巨源何嘗不也如是？「而今」以下六句，從對面著筆，回應上片的月夜情景，使全篇勾連一氣，彼此呼應，更增迴盪之意韻。

東坡懸想：巨源任職中書省，值宿宮中，秋深夜長，露水寒氣滲透入被，恐怕也是徹夜難眠。那麼，在這長夜將盡的時刻，和我一樣睡不著的他，看著迴廊上清曉的月色，應該也會默默想起：宴別海州景疏樓，與我相遇於潤州，共賞名勝，同行至楚州的種種往事……

上片由己及人，下片由人及己，處處結合月光與樓臺，分別寫出了自己想念友人、友人想念自己的相對情懷，由實寫到虛擬，使原本的孤單望月變成了相思相望的情景。東坡用情之深切，於此可見。

這闋詞與之前的送別詞一樣，有著離情愁思與對朋友的深婉情誼，但也與之前的送別詞有著不同之處：送別當下，人總不免心煩意亂，也就容易掉入悲傷的深淵，而這闋詞則是別離後的思念作品，離愁已經過了一段時間的沉澱，對友朋的思念之情因著一段距離，也多了一份冷靜的心思。

〈永遇樂〉望月抒懷，情思清婉，更見東坡於別離的兩造間以情相繫的用心；而東坡也於此發現了「月」的寧靜深美、彷如人情般的寬厚溫馨。

概括而論，這闋詞有兩個重要的特色：一是全詞貫串著月光書寫——由八月十五日寫到十一月十五日，由海州景疏樓寫到京師的中書省，月亮超越了時空，依然明淨——藉此表達了時空雖變、此情恆在的意念。二是此詞採用對面寫情的手法——由東坡此時此地此情，推想遠方好友孫巨源同時也應暗憶自己。詞中敘寫這種往復迴環的思緒，時空交織，別饒情味——作者抒寫個人之際，推知對方亦正用情，不能說是一廂情願，而應由此見出人對情感的執著與信賴。東坡以情為念，不但寫出了深婉動人的詞篇，也讓他在時空變動中找到心靈的依歸。

沁園春 赴密州，早行，馬上寄子由。

孤館燈青，野店雞號，旅枕夢殘。漸月華收練，晨霜耿耿；雲山摛錦，朝露團團。世路無窮，勞生有限，似此區區長鮮歡。微吟罷，憑征鞍無語，往事千端。　當時共客長安，似二陸、初來俱少年。有筆頭千字，胸中萬卷，致君堯舜，此事何難。用舍由時，行藏在我，袖手何妨閑處看。身長健，但優游卒歲，且鬥尊前。

熙寧七年（一〇七四）十一月下旬，按照原定計畫，東坡是打算先繞道去齊州（山東濟南），探望時在齊州掌書記的蘇轍。兄弟倆潁州一別，至今已超過三年不曾相見。東坡請調密州，原因之一正是希望趁便探訪先移調齊州的弟弟，也寄望彼此任所離得近一點，在任期內比較有機會互訪。沒想到天不從人願，時令入冬，河道凍合，東坡預定往齊州的路途受阻，只能黯然由海州北上，直赴密州。就在赴密途中的一個早上，東坡寫了這首詞，寄給子由。

這應該是東坡第一次以詞體的形式和弟弟述說心情。上片，寫冬日早晨離開旅館，踏上旅途的所見所感，充滿著淒清、苦悶的氣氛，引申出許多人生的感喟。

起首三句，便寫出了「早」的實貌——孤寂的旅店裡，青熒燈光猶在將明未明的曉色中冷冷的亮著，雞鳴聲已吵醒了旅人，枕上空餘殘夢。東坡用「孤」、「野」、「旅」三個修飾詞放在每句之首，不只寫出了旅途中棲身荒村驛館的事實，也強調了作為過客在荒涼的處境中的孤苦心情。

冬日早行本來就是件苦差事，對仕途奔波、官場失意的人而言，更是如此。詞人自夢中驚醒之餘帶著悵然的心情上路，此時天未亮，月光依然，霜色明淨，更增愁悶、淒冷的況味。在這裡，詞用了一個「漸」字，帶出描述早行途中所見景象的四句。這「漸」字是「領字」——位在一段完整長句的最前頭，用來帶領全段意思的虛字（指名詞以外的各種詞類）。領字用在曲子轉折換氣的地方，承上轉下，形成樞鈕，產生曲折跌宕之勢，也讓整段意思自然貫串；領字亦使語句可以省略，語序得以變換，因而產生更緊湊的節奏感，凸顯語意、聲情的效果——「漸」，特別喚起一種時間意識，也就是說它所帶領的四句景象描繪，是眼前所見，但卻不是單一時空下的景象，而是隨著時間變化而逐漸呈現的——空間變換與時間推移是相對的現象。

東坡詞的一大特色，就是能順著物態，依著人情，具體掌握景物與心境的變化歷程。作者漸行漸遠，景物隨著時間（也隨著作者的步履）轉換，歷歷在目。讀者跟著詞人的描述，彷彿被邀請參與這一趟旅程，身歷其境一般。

東坡剛上路時，天色仍暗，月光依然明亮。隨著路途延伸，走了一段時間之後，天色轉明，月亮則漸漸收起皎潔的光芒，這才發現：原來大地上鋪著一層明淨的霜雪。當明月照耀在雪地上時，往往只見白茫茫一片，弄不清楚哪是月光、哪是霜；但當月光黯淡，天色微明，地上的霜色漸漸明朗，就清晰可辨了。繼續往前行，往遠處看去，破曉時分，雲霞繚繞遠山，緩緩移動變化，彷彿是在為天邊鋪展美麗的錦緞。而道路兩旁，草尖葉上、泥地樹梢，早上的露水也漸漸多了。

路愈行愈遠，時間也不停的流動。看著遠近景色，俯仰之間，東坡詞人的心緒也隨之而翻動……雲山渺渺，好似看不盡的旅途風景；團團朝露，則如虛幻不實的短暫人生。由此引出東坡對生命的感歎：世路無窮，勞生有限，以有限的生命如何去追求無窮的功名？像這樣的執迷不悟，自然辛苦勞累，難怪總是缺少歡樂了。他低聲吟歎後，倚在馬背上，沉默不語，往事千頭萬緒，不斷在心裡翻騰……

下片，由此千端往事中，東坡回憶起當年和弟弟初到汴京應試時的情景。

宋仁宗嘉佑元年（一〇五六），蘇家兄弟倆隨父親出川赴京，第二年一起高中進士，時東坡二十二歲，子由十九歲。年少兄弟同年上榜，名動京師，與晉時陸機、陸雲兄弟同入洛陽的情形相似。他們不但年齡相仿，二陸之深受西晉文壇元老張華推重，和二蘇之得到北宋文壇領袖歐陽修激賞，情形也一樣。那個時期的東坡與子由滿懷信心，相信自己憑藉淵博的學識、敏捷的才思，必能輔佐君王達到堯舜的境界！「此事何難」一語，生動的呈現了當時銳氣，年輕的心靈單純的相信理想輕易就可實現。

然而，十七年過去了，如今東坡三十九歲，離開京師已經三年，此刻正奔波於前往密州的旅途上。不但「致君堯舜」的理想落空，兩兄弟也因輾轉游宦而多年不能相見。回憶當時，對照今日，東坡深深感受到了人生實難，遂生無限感慨。

喚起當年的記憶，在感歎之餘，東坡亦體悟到一種自處的態度：「用舍由時，行藏在我，袖手何妨閑處看」。一個人之能否受重用，是由外在的時勢所支配，不會因個人主觀的願望而有所轉變。然則，人在其中，難道就完全無法自我作主嗎？不，東坡認為人還是擁有一項選擇權：受不受重用，決定在他人；出不出仕，卻是決定在自己——換言之，外在的人與局勢決定了宦途平順困頓，而面對這些順逆的心態卻是由你自己決定——適度的調整心態，我們就能自憂愁苦悶中脫身，而當抱負無法伸展時，我們何妨悠然閑處，當一個旁觀者。

能夠換個角度思考，能夠不自限於必然的成見，人便能從生活的桎梏、名利的枷鎖中解放，心境自然也能曠達得多。而人處閒時，我們更要保持健康的身體，悠遊自在的過日子，不時還能與三兩好友喝酒作樂——「身長健，但優游卒歲，且鬥尊前」，這既是東坡自我的寬解與勉勵，也是他對弟弟的勸勉，甚至還呼應著兄弟倆「夜雨對床」的約定，那是他們仕途顛簸中永存內心的溫暖與動力。

只是，不可否認的，細細品味這些言語，你會發現，在看似灑脫的表面之下，其實難掩心中壯志難酬的失落之感。

此詞是東坡早期作品中少見的長調，文筆揮灑，敘述與議論交錯運用，於詞中直抒胸臆，成就了一種跌宕抑揚的體式。東坡赴密州，途中與弟弟晤面相聚一事，原是他心中最大的期盼。弟弟是他最親密的家人與知音，卻因宦途浮沉，多年不得相見，因此，這份期盼不免也夾雜著失意落寞的心境。尤其當行程逐漸來到靠近子由之處，許多屬於兩兄弟的前塵往事也紛紛湧上心頭，身為兄長，他應以怎樣的心情面對弟弟呢？昔日年少，意氣風發，致君堯舜的理想，如今何在？東坡試圖喚起那初入仕途、滿懷理想、踏著自信的腳步前進的記憶與神采，雖不無感傷，卻也旨在提振自己，不往下墜。另一方面，想起弟弟，也使他想起了兄長的責任，自然更不能沉湎於悲哀之中。因此，我們在詞中讀到了東坡的用心，感受到他希望能以一種看開的心境，調整自己，同時也寬慰子由。雖然，我們無法確知東坡這首作品是寫於河道凍合、路途受阻，必須取消見面計畫之前或之後，但無論見面與否，東坡寄給弟弟的書信作品，永遠蘊含著深摯的愛與理想的堅持和對未來的期待。兄弟之情，在東坡心中，聯繫到一份理想、一種承擔，是理性與熱情的來源。因此，在東坡文學裡，對子由的懷想，情感中通常會寓有理、志的成分。這闋寫給子由的〈沁園春〉，讓我們看到了東坡「以理（志）導情」的努力。

（三）豪婉風格的確立

由杭赴密途中的作品，如前面所閱讀的〈永遇樂〉、〈沁園春〉，都可見到東坡詞延續杭州時期的基礎，在言志、抒情上更清楚的展現清婉與雄豪詞風。這兩種情、志的表現，到了密州之後續有發展。

夏敬觀〈手批東坡詞〉：「東坡詞如春花散空，不著跡象，使柳枝歌之，正如天風海濤之曲，中多幽咽怨斷之音，此其上乘也。若夫激昂排宕，不可一世之概，陳無己所謂『如教坊雷大使之舞，雖極天下之工，要非本色』，乃其第二乘也。」「清婉悲切」與「激昂豪宕」的詞風，大抵是在密州時期正式完成。這段時間裡，東坡留下的作品中有兩闋著名的〈江城子〉，正好分別展現了這兩種風貌。

東坡秋末離開杭州，抵達密州時，正值年終歲末。密州位於山東半島西南，治所（知州辦公處）在諸城。子由〈超然臺賦〉一文形容此處是「風俗朴陋，四方賓客不至」的地方。一向愛朋友、喜歡遊山玩水的東坡，在山水秀麗、人文薈萃的杭州住了三年，驟然面對如此困窘的環境，心情自是難免低落。熙寧八年（一〇七五）正月十五，東坡在密州的

第一個元宵節，他寫下了來到密州的第一闋詞——〈蝶戀花．密州上元〉：

燈火錢塘三五夜，明月如霜，照見人如畫。帳底吹笙香吐麝，更無一點塵隨馬。

寂寞山城人老也，擊鼓吹簫，卻入農桑社。火冷鐙稀霜露下，昏昏雪意雲垂野。

對照杭州燈節「明月如霜，照見人如畫。帳底吹笙香吐麝，更無一點塵隨馬」的清麗景象，此處則是「火冷鐙稀霜露下，昏昏雪意雲垂野」的低迷、陰暗之境，無怪乎下片第一句就說：「寂寞山城人老也」——偏處山城，人也老矣，外在環境、內在心靈盡是一片荒涼，東坡此時的寂寞之感是極為深沉的。

延續著這樣的情緒，五天之後，東坡寫出了悼念亡妻之作——〈江城子．乙卯正月二十日夜記夢〉：

十年生死兩茫茫。不思量，自難忘。千里孤墳，無處話淒涼。縱使相逢應不識，塵滿面，鬢如霜。

夜來幽夢忽還鄉。小軒窗，正梳妝。相顧無言，惟有淚千行。料得年年腸斷處，明月夜，短松崗。

東坡的生命中有幾位重要的女性：母親程太夫人、第一任妻子王弗、繼室王閏之、妾王朝雲。她們在他人生中的不同階段裡，教導、陪伴、支持、照顧了他，是他始終感念在心的溫暖支柱。

這闋〈江城子〉是為王弗而作。王弗是眉州青神人，鄉貢進士王方的女兒，小東坡三歲，十六歲時嫁給東坡。王弗性情敏而靜，且知書達禮，頗能記誦。她嫁入蘇家，成為長媳，侍奉公婆極為恭謹，與東坡的感情也很好。但婚後不到兩年，東坡和弟弟就隨父親進京考試，王弗與子由的太太史氏則留在家中照顧婆婆，協助家務。第二年，兄弟高中的喜訊尚未傳回家鄉，程太夫人卻已因病仙逝。父子三人奔喪返家，守喪期滿，再次進京時，王弗與史氏也都隨行。自此，東坡與王弗開始品嚐甜蜜的夫妻生活。

王弗精明幹練，明白事理。她尊敬東坡，欣賞東坡的才華，了解東坡的性情，卻也因而擔心他心直口快，太容易相信別人。東坡在鳳翔當簽判時，每有客人來訪，王弗總是站在屏風後，傾聽他們的談話，如發現說話模稜兩可或刻意逢迎的客人，她就會勸東坡遠離這些人，而東坡每每聽過妻子的提醒，總是十分佩服她的識見與眼光。

然而，這樣恩愛的日子卻維持不了幾年。英宗治平二年（一〇六五）五月，東坡從鳳翔府調回京師才三個月，王弗竟一病不起，二十七歲的生命戛然而止，留給東坡年幼的兒子蘇邁，以及綿延不絕的思念。懷抱著悲痛，東坡將太太靈柩暫厝於汴京城西。不料，次年父親蘇洵竟也因病辭世，於是，東坡兄弟護送父親靈櫬還鄉，同時亦將王弗歸葬眉山。神宗熙寧元年（一〇六八）七月，父喪期滿，冬天，東坡娶王弗堂妹閏之為繼室。

王弗去世十年後，四十歲的東坡來到密州，匆匆安頓，就忙不迭地迎接新年、元宵。只是初來乍到，一切猶是陌生，而密州不比杭州，荒涼寂靜，本當熱鬧歡喜的年節卻更讓東坡感到孤清寂寞。正月二十日，元宵剛過，新春節慶結束，這個晚上，東坡忽然夢見亡妻。夢醒後，他寫下了這闋〈江城子〉。

「十年生死兩茫茫」——十年來，生死相隔，曾經是多麼親密的夫妻，卻再也觸摸不到彼此，聽聞不到彼此，自此端望去，自彼端望來，皆是茫茫一片，彷如隔著千重萬重雲霧。然而，十年光陰看似漫長，生死契闊也令彼此音訊渺茫，可是，卻依然無法讓東坡自往日的情意中釋然——「不思量，自難忘」，平淡的六個字，似乎矛盾的兩個詞，卻蘊含了深摯的情意：不必刻意思念，自是無法忘懷，因為妻子早已成為自己生命的一部分，俯仰生息之間，相依相附，如何忘卻？只是，永存的情意卻無法讓時光倒流，令空間轉換。昔日朝夕與共，喜怒哀樂一起面對，而今，妻子孤伶伶的躺在千里之外的墳墓裡，自己呢？回不了家鄉，到不了那千里外的孤墳，許多失落、寂寞的淒涼心情，這些年來竟也無處可以傾訴……

但是，如果能穿越生死，能再與妻子相逢，是否一切都能回到往日的美好？「縱使相逢應不識，塵滿面，鬢如霜。」——王弗過世時二十七歲，時間在她身上就停佇在那一刻，於是，留存在想念她的人的腦海中的，也永遠是那不再隨時間老去的青春容顏。然而，活在人世間的東坡卻無法不隨著時間推移，一點一滴的任青春流逝。「但恐歲月去飄忽」，離別最大的悲痛是時間居中所帶來的變化無情，時間摧毀熟悉的人事物，帶走燦爛的青春年華。縱然此刻夫妻再相逢，東坡當然認得妻子永恆不變的容顏，可妻子恐怕是認不得眼前的東坡了。十年光陰，生活的壓力、仕途的奔波困頓、理想的落空，現實的悲歡離合，一一在昔日年輕的面容髮鬢間留下了刻痕印記：風塵滿面，兩鬢微霜，心境已換，自己怎還是昔日妻子熟識的那個男子呢？

彷彿不特別思念，然而化作生命一體的情意，一旦自心中湧現，排山倒海，便自難以遏止。縱使心知相見不如不見，可是，日間的思念既深，夜間的夢魂就輕易的跨越了千里時空……

詞的下片寫夢中情境，鮮明如在眼前。「夜來幽夢忽還鄉」，「忽」字表達了夢中不知是夢，忽然發現自己竟然回到了家鄉，身在熟悉的老家的驚喜之情。「小軒窗，正梳妝」，窗下妝台前，妻子正梳理著長髮、輕點妝粉——尋常家居的生活片段，也是東坡夫妻甜美生活的縮影，更是東坡永恆記憶的一部分，因此，一入夢便自然浮現，明確如真。但身在如真的故居，東坡卻是四十歲的東坡，他無法改變現有的身心入夢，無法以年輕的自己與青春依舊的妻子晤面。於是，夢中最初的驚喜換來的卻是「相顧無言，惟有淚千行」的情況。其實，這不正是東坡早已了然於心的體悟嗎？「縱使相逢應不識」，夢中的相逢依然印證著現實的意識。

最深的愛，最淒涼的情，千頭萬緒，卻不知如何用言語來表達——相顧無言，惟有淚千行——在互相凝視的眼眸裡，十年悠悠流逝，卻未嘗磨損相契的心靈，毋須言語，彼此已默自體會。這體會化作了千行淚水，自雙方的眼中潸然流下，而淚水中又包含著多少人世的辛酸！

然而夢終須醒來，王弗早已不在的現實也無法改變，依然是東坡恆久的傷痛：年復一年，每當想起，總令我哀痛斷腸的地方，永遠是那片沐浴在明亮月光下、種著矮松樹的山崗……

短松崗是千里孤墳所在處，是王弗的長眠之所，詞就結束在這裡——寂寂夜色中、明明月光下、矮松環繞、渺無人跡的山崗墳地。這是一片清寂的景象，呈現的也正是東坡清寂的心境。而靜夜與月光，皆是永恆的自然景色，想像這恆久存在的景色，我們也深刻的感受到東坡不變的深情與無盡的哀傷。

悼亡詩始於晉朝的潘岳，透過節物的描述、居室遺物的鋪寫、亡妻聲容的記憶，表現出一種睹物思人的情懷。到了唐代元稹的〈遣悲懷〉三首，敘述貧賤夫妻的哀愁，也表現了對亡妻的愧疚之情。而東坡這首悼亡詞，寫王弗逝世十年後重新觸發之傷痛，情緒之起伏不像元稹詩歌那麼激切，但悽愴之感則過之。

剛到密州這座「寂寞山城」，東坡已在元宵詞中有了「人老也」的感歎。而事實上，如前所述，在離杭赴密途中，東坡詞裡就已充滿了慨歎老病之語。現在，他突然夜夢亡妻，寫下了這闋〈江城子〉，悼念他年少結髮的妻子，在他早已熟悉的生離之悲的書寫之外，又添死別之思，則「人生有別」之痛，更加深刻。而王弗既是他年少尚未離家時娶入門的妻子，也是他初入仕途時，陪伴他去到鳳翔任官，為他理家教子，敬他愛他且隨時提點他的好伴侶。與王弗相關的記憶，夾雜著家鄉故居的影像，更是屬於那懷抱理想、天真浪漫年華的記憶。因此，在這闋詞裡面，其實糾結著東坡的夫妻之情與故鄉之思。而他對亡妻的悼念，並不僅僅是生死相隔的深切思憶，其中也哀悼著一份徒然失落的青春歲月與理想。

對理想的哀悼，往往也正是由於無法拋卻理想，無法忘記踏入仕途的初心。雖然從杭州到密州，兩地風景文物強烈的落差對比，的確令東坡不免一時情緒低落，但身為地方首長，他一向勇於任事的個性，卻也使他不可能沉溺於老病悲痛之中。

密州歷年來皆有蝗禍（蝗蟲之災），且多盜賊，東坡到任後，頗用心於此，在驅除蝗蟲、緝捕盜匪的工作上，皆見實效。這些實實在在減輕百姓痛苦的工作，帶給他一些成就感，也讓他內心的理想火焰不被澆熄。因此，我們讀到了他的另一闋同調詞——〈江城子・密州出獵〉：

老夫聊發少年狂。左牽黃，右擎蒼。錦帽貂裘，千騎卷平岡。為報傾城隨太守，親射虎，看孫郎。　酒酣胸膽尚開張。鬢微霜，又何妨。持節雲中，何日遣馮唐。會挽雕弓如滿月，西北望，射天狼。

熙寧八年（一〇七五），密州乾旱不雨，東坡親赴常山祈雨，不久，上蒼果然降雨。因此，這年冬天，東坡再度前往常山祭謝。歸途中，他與同官梅戶曹會獵於鐵溝，一時興起，寫了這首滿懷豪情的作品。

古人四十而稱老，是很平常的事，不過，東坡自去年秋末離杭，時有濃烈的歲月飄忽之感，詞中屢見「老」「病」之歎，因此，此處自稱「老夫」，恐怕對「老」也是有著實際深刻的感受。「老夫聊發少年狂」，一方面自言「老」，一方面卻強調要表現「少年狂態」，則東坡想藉行為舉止證明自己未老、尚能有所作為的意圖相當明顯。怎樣表現少年狂放之態呢？東坡親自帶領部屬打獵，詞由個人的英姿、場面的盛大，寫到效法孫權射虎以喻自己之豪壯——上片作品，無論語調氣勢都顯得流暢、激昂。

左手牽著黃犬，右手擎著蒼鷹，「老夫」出場，竟是一派英偉神氣！而跟隨著他的是眾多頭戴錦蒙帽、身穿貂鼠裘的隨從，千騎齊出，席捲平緩遼闊的山岡——這番場景描繪，可是過往詞中未曾出現的大場面呀！不僅如此，「傾城隨太守」，全城的百姓幾乎都出門了，跟著太守的人馬，浩浩蕩蕩，興致盎然的圍觀，這是多麼熱鬧、歡騰的畫面！而百姓的熱情自然也激起了太守的豪情——「親射虎，看孫郎」，東坡豪邁的期許自己全力以赴，能夠如同孫權射虎，回報大家的盛情厚意。

射虎之思使東坡更進一步在下片裡表達了自己「老而能用」的壯志。下片從打獵歸來的飲宴寫起，酒酣耳熱之際，今日騎馬奔馳、拉弓射箭、百姓同歡的高昂情緒不但沒有隨著活動結束而消退，反倒是讓東坡記起了年少的心情，感覺到自己依然躍動的心，胸襟更為開闊，膽氣更加張揚。雖然兩鬢已經出現些許白髮，四十歲已算不得年輕了，但，又有什麼關係呢？當年馮唐年紀一大把了，尚且能奉君命、拿著符節去到位於邊疆的雲中郡，還出任車騎都尉一職。而自己比馮唐年輕，何嘗不能出使邊關，督導邊防工作，報效國家呢？一想到這裡，東坡不免豪情自許：屆時我一定使勁拉開弓箭，不是射虎，而是要奮力擊退侵犯邊界的敵人！

自開國以來，宋代一直外患不斷，朝廷卻多採軟弱的守勢，常常割地賠款了事，可是始終無法換來長久的和平，遼國、西夏依然貪得無厭，不時入侵。對於這樣的情勢，之前東坡就曾撰寫〈教戰守策〉，主張積極對抗。〈江城子〉詞中的豪情亦展現了相同的思維。對於這樣的作品，他可是頗為自豪。填完這闋詞之後，他在寫給鮮于子駿的信裡說：

近卻頗作小詞，雖無柳七郎（柳永）風味，亦自是一家。呵呵！數日前獵於郊外，所獲頗多。作得一闋，令東州壯士抵掌頓足而歌之，吹笛擊鼓以為節，頗壯觀也。

可見東坡有意為詞，自覺的要在柳永所代表的婉約詞風之外別創一家——不寫兒女婉媚情貌，而是暢言才士雄豪之心聲。東坡此詞，不拘限於格律形式，不用小詞妍鍊修飾、含蓄委婉的手法，而是緣情述懷，一任自然，以輕快激昂的節奏，表達心中的豪情壯志，既直接又痛快，於正宗「婉約」詞風外，開創了「豪放」的變格，在詞史上別具意義。

這首〈江城子〉，由射虎打獵寫到抗敵保邊，抒發老而能用的壯懷，語意激昂，可以說是前面〈沁園春〉一詞的進一步揮灑，更見東坡的意志。東坡說：「老夫聊發少年狂」、「鬢微霜，又何妨」，顯見他始終在意著歲月催人老的事實，有著很深的年華漸衰之歎，但是又有不甘牢落而意欲奮起的鬥志。在這一上一下之間，身與心的衝突對抗，展現出一種氣韻，跌宕出一份豪情，因此成就了這首詞。但這種抗老的執拗態度，容易造成精神緊張，而極度緊繃的情緒，也不免暗暗摧損了生命的活力——這恐怕是東坡難以長期負荷的。

不過，這樣的作品只是東坡一時氣盛之作，豪放終究不是他的個性特質。如前引夏敬觀《手批東坡詞》所言，這類「激昂排宕」之作只能算是東坡的第二乘作品，且事實上數量也不多。

綜觀東坡一生，他待人處事平和樂易，面對境遇之拂逆、心境之苦悶，也往往有能力去擺落、化解。鄭騫先生稱此為「曠」，因為「曠者，能擺脫之謂」，「能擺脫故能瀟灑」。在這闋〈江城子〉寫後不久，東坡果然知道如何化解時間的憂懼了。

（四）清曠詞風的雛型

熙寧九年（一〇七六）中秋夜，東坡通宵暢飲，同時想起了在濟南的弟弟子由，隨而寫下了這首名篇——〈水調歌頭．丙辰中秋，歡飲達旦，大醉，作此篇，兼懷子由〉：

明月幾時有，把酒問青天。不知天上宮闕，今夕是何年。我欲乘風歸去，惟恐瓊樓玉宇，高處不勝寒。起舞弄清影，何似在人間。　轉朱閣，低綺戶，照無眠。不應有恨，何事長向別時圓。人有悲歡離合，月有陰晴圓缺，此事古難全。但願人長久，千里共嬋娟。

由來寫中秋的詩詞甚多，但最受人喜愛、廣為流傳的就是東坡這闋〈水調歌頭〉。因為它不只文辭優美，情意跌宕有致，更重要的是它傳達了一種溫煦且充滿希望的情懷，寬慰了許多離人的心靈。

細讀這首詞之前，我要提醒大家注意三個地方：一、〈水調歌頭〉原本是隋煬帝為勞工譜寫的歌曲，是一支悲傷的樂曲。東坡選擇了這樣的詞調為詞，他的心情不言可喻。二、東坡性不嗜酒也不善飲，他在〈書東皋子傳後〉說：「予飲酒終日，不過五合，天下之不能飲，無在予下者。」那麼，為何這個中秋夜，他竟一反常態，歡飲達旦，甚而大醉？他真的是「歡飲」嗎？三、詞序所謂「兼懷子由」，這「兼」字看似詞並非只為懷念子由而作，然則，細細讀來，卻會深深感受到：「懷子由」恐怕才是這闋詞的創作主因。

東坡與子由已五年不見，當初他自請調來密州，原本寄望可以有機會和弟弟重逢再聚，沒想到事與願違，東坡心情之鬱悶，可想而知。每逢佳節倍思親，尤其是在這樣一個本該「月圓人團圓」的中秋良夜，東坡對弟弟的思念該有多深！而如此深濃的思念情懷無法渲洩，遂藉酒澆愁，以哀傷的樂曲抒發情緒，這是可以理解的。

這闋詞的上片寫「中秋，歡飲達旦，大醉」的逸興與感思，下片因景及情，寫「兼懷子由」的情事。由望月興感寫到懷念子由，表達了時間推移、空間契闊的主題。之前寫給孫巨源的〈永遇樂〉，雖然也貫串著月光、人情來書寫，但月亮與人的關係還不夠明顯，這首〈水調歌頭〉則完美的融合了月亮與人情，有了更高曠的表現。

「明月幾時有，把酒問青天。不知天上宮闕，今夕是何年」——如同李白的「青天有月來幾時，我今停盃一問之」，東坡、太白所要探問的並非外在的知識，也不是醉中之狂想，而是一直潛伏在內心的生命存在之問題。太白由此問而沉思感受到的是月之亙古長在，人卻一代一代如流水，逝而不返，因此，遂生「唯願當歌對酒時，月光長照金樽裡」——生命瞬間即逝，所有的追求祈願轉眼成空，永恆的是明月，人類不過是時空裡的過客，短暫一生，何不盡情享受眼前當下的美酒月色呢？

那麼，東坡探問的、思索的，又是什麼？如同李白，東坡想追問的並非實際的時間（月亮何時誕生）；但不同於李白的是，東坡接著關注的不是「今人不見古時月，今月曾經照古人」的蒼茫遺憾，他進一步探問的是「天上宮闕」——傳說中的天上世界——在那兒，時間會是怎樣的存在型態呢？

「人間」與「天上」是相對的情境：「人間」代表有限，變化是它的本質，生老病死、悲歡離合則是人間難以避免的事情；「天上」則代表了永恆，不變是其本質，在那裡，時間失去了意義，生死離合不復存在，那是沒有痛苦、沒有煩惱的理想世界。

經歷了與至親至愛的生死永隔、仕途理想的再三受挫、祈願的一再落空……，東坡內心有著許多煩惱、苦悶，於是就生出了這樣的奇想：若能脫離凡軀，乘風歸去，離開充滿苦惱的人間，住到那永恆之境，從此再也不受困於生離死別、愛恨嗔癡——了無牽絆，全然擺落，這不就是真正的自由？然而，東坡隨即意識到的卻是：「惟恐瓊樓玉宇，高處不勝寒。」無喜樂、無哀痛、無情感牽絆……那美麗透亮平靜的天上世界，卻有著比人間千百種苦惱更令人難以忍受的事物——絕對的清寂淒冷！

李商隱〈嫦娥〉詩說：「嫦娥應悔偷靈藥，碧海青天夜夜心。」嫦娥得到了永恆的生命，從此遠離人間，去到美麗的月中世界；然而，生命有多長，廣寒宮裡孤獨寂寞的歲月就有多長，這值得嗎？李商隱直接認定「應悔」，嫦娥應該會為自己的選擇而悔恨不已！

李商隱是重情的人，東坡亦復對人間有著很深刻的愛，這份對家人朋友，乃至理想的熱情，帶給他溫暖與勇氣，他終究難以割捨也無法逃離。因此，他打消了不切實際的想法（乘風歸去），重新審視眼前的美好：「起舞弄清影，何似在人間。」在月光下開懷暢飲，半醒半醉間邀月共舞，月下的人隨興舞動，地上的影子也亦步亦趨隨人擺弄——這樣悠游自在、盡情盡興的快樂情境，哪像在人間呢？簡直就如同在神仙世界一般哪！

如果人間便是我們今生別無選擇的生存處所，怎樣逃避也逃避不了，那麼，何不積極的、歡喜的接納它呢？真正的自由不在外面，而在內心，內心自由了，精神自由了，人間亦是天堂。一直以來，東坡都有著強烈的入世情懷，每當遇到人生挫折時，他總能藉由儒家、佛家、道家的思想，憑恃自己的天縱才華、豐富學識以及寬大的襟抱，從而化解人間的苦悶，表現為曠達的人生觀。但是，他卻從不曾真正有飛昇遠引之想——人世間始終是他的福地，能安心於此便是他永恆的家。

東坡此夜，藉著酒意，抒發奇想，看似過了一個不錯的佳節。然而，到了夜深人靜時，獨自面對清冷的月色：「轉朱閣，低綺戶，照無眠」，東坡內心深處的另一份痛楚終究浮上心頭。一夜將盡，明亮的圓月隨著時間緩緩移動，轉過朱閣，漸漸西沉，低垂的月照進了窗內，月光映照著通宵未眠的東坡。面對這陪伴了他一整夜的中秋月，東坡不禁要問：月亮不應對人有怨恨的，但為什麼偏偏老是在人們離別時團圓呢？月圓人不圓，徒增離人多少憾恨？

歐陽修說：「人生自是有情癡，此恨不關風與月。」月圓月缺，不過是自然景象之循環，與人間情恨何干？然而，皎皎明月，長照離人，月雖無情，人卻如何不由此生出憾恨？東坡由自己無法與弟弟團聚的缺憾出發，忍不住要質疑：今夜的圓月是否故意為難離人、增添許多離恨？其實，真正揪著人心，讓人痛苦倍增的豈是明月？應是個人對情的癡迷執著啊！

對月提問，月自無言，卻也促使東坡情緒漸趨和緩，理性的思辨方式浮現，有了一番新的參悟：「人有悲歡離合，月有陰晴圓缺，此事古難全。」人生有聚有散，悲歡離合是永遠無法避免的情況；月亮則有陰晴圓缺，是天地間循環不已的變化；相對的兩方都變動不居，又如何能恰好配合得完美？錯失的缺憾恐怕才是宇宙人生的常態，那麼，我們又何必耿耿於懷、執迷不悟呢？

生命或有缺憾，世事的變化也非我們可以掌控，然而，我們依然能夠肯定的、真真實實感懷在心的是人間情誼。

人間的情誼是東坡力量的重要來源，也是他面對挫敗失意時不致頹倒的支柱，其中兄弟之情尤有和緩、互補、平衡、拉拔的作用。身為兄長，東坡自覺的意識到：兄弟倆血脈相連、心靈相契，而他必須扮演積極指引的角色，不應任意消沉，讓自己的負面情緒影響弟弟。因此，每當想起子由，一種剛健的意念、自我提升的力量不時就會自東坡心內萌生，展現在其文學作品時，就往往多了一份高朗峻拔的意境。

東坡與子由彼此扶持成長，兩兄弟的精神世界息息相關，彷彿連成一體。要認識東坡的生命歷程或其文學進境，不能忽視子由的關懷及其所帶來的影響；同樣的，要了解子由亦然。

今夜雖千里相隔，但只要彼此健康無恙，抬起頭來，我們依然共看一輪明月，而明亮的月光映照著每一雙遙望的眼眸，正是交會著人間情愛的共體；藉著月光，我們遙知彼此的心意，感受到相思相念的溫暖，於是，此情便能跨越時空，令無法相聚的雙方得到慰藉——東坡於此為天上的明月賦予了深刻的意義：月，不再是冰冷孤絕的世界，而是人情相親之處，充滿著溫馨、美好的感覺。

透過〈水調歌頭〉，東坡帶領我們走出了一般歌詞的閨闈世界，跳出幽微細緻的迴盪韻律，讓我們遠眺夜空，飛躍想像，用情體會，感受那更久遠寬闊的時空，如此我們乃得以釋放固守一隅的淺狹心思，進而得到了心靈的安頓。

在這闋詞裡，東坡融合了感性與理性，由感性的激問到理性的安頓，文辭抑揚跌宕，意境婉麗而清遠，是「詩」與「詞」的最佳結合。填詞至此，東坡已打通了詩詞的界限，指出向上一路，提升了詞的語言和情意之境界。

東坡的密州詞，從〈江城子〉「十年生死兩茫茫」之淒婉與「老夫聊發少年狂」之雄豪，進而發展到〈水調歌頭〉的清曠，正好讓我們看到了他以理導情、自我紓解的一番努力。

東坡說：「起舞弄清影，何似在人間？」仔細品味，這其中亦自有妙理。隨月擺動的身軀固然不離人世，但飛揚的心意卻能逸出體外——要了解東坡詞，乃至他的詩文書畫，甚至他的人生意境，我們需要把握這一要領。

四、時空的感喟

由〈永遇樂〉到〈洞仙歌〉

（一）徐黃時期的時空感歎與詞境衍變

從宋神宗熙寧七年（一〇七四）到元豐二年（一〇七九），東坡三十九歲至四十四歲之間，他的任所由杭州轉到密州，再由密州調派徐州，然後去到了湖州。時空的不斷變遷，外在情勢的種種變化，都影響了東坡的情緒、感思，進而更強化了他的時空感受。而這些時空與自我關係的思索、喟歎，自然也成為他的詞作中的主調，其中徐州作的〈永遇樂〉（明月如霜）以及之後黃州填寫的〈洞仙歌〉（冰肌玉骨），更是值得細讀的兩闋名作，自其中我們將可以更深切的體會東坡在這段期間裡，面對時空所滋生的感傷，以及試圖在虛幻與變遷中尋求心靈安定的努力。

卡西勒（Ernst Cassirer）在《人論》（*An Essay on Man*）一書裡說：「時間與空間是與一切存在有關係的架構，若不按照時空條件，我們不能想像任何真實的事物。」但是，每一個人的時空意識不盡相同，從而賦予時空的意義也不一樣，據以思索感受的體悟亦可能隨不同時空有了差異。東坡在密州跟徐州的時期，面對時間空間之變動不居，皆有其深刻的思考，而不同時期的思考有其不盡相同的體會，反映在詞作裡，也就呈現了不一樣的意境。

前面篇章裡，我們讀到了東坡的密州詞，看到了他的風格如何從婉約、豪放發展為清曠，也讀到了其中逐漸加強的時空意識。密州三年期滿後，東坡調任徐州（江蘇徐州）知州。徐州時期，他的時空喟歎流露了一種人生虛妄之感，而詞的風格則表現為清麗舒徐、蒼茫勁秀，稍後我們可以從〈永遇樂〉這闋詞充分了解這樣的特色。

關於詞中的時空描繪，密州、徐州以後，東坡很明顯的已經突破了詞的藩籬。過去傳統詞作的時空設計，往往是寫景不出亭臺樓閣，言情也不外乎傷春怨別；一闋詞描繪的經常是一個小小的空間：閨閣繡帷、庭園內外，而書寫的時間可能是一天時序的變化，或者是對照今年、往年的差異。可是，密州、徐州時的東坡卻突破了這樣的格局。他用相對的今昔之感來架構詞篇，詞中的時間拉長了，空間也隨之拓展了，這樣一來，處於其中的個人愈發感到渺小、空虛，於是，由此更深化了詞人的存在意識、生命感思。

在上一講裡，我們談到：東坡由繁華的杭州來到比較偏遠的密州，既遠離政治核心，又困在繁忙的公務之中，與弟弟會晤一事也遙不可期，難免感到人生之虛妄，詞中往往便流露了一種寂寥之感。到徐州之後，他又面臨水患，先是率同官民抗水，水退後則忙於賑災、重建。自然災難之不可逆料，黎民百姓之苦痛、地方庶務之千頭萬緒、朝政則又遠非自己可以著力，於是，生命失落的感覺愈發深沉，反映在詞篇的是一種無常的感慨。之後東坡又被調到長江以南的湖州，離開京師愈來愈遠，而朝中政局似乎也愈發險惡，隱隱然有著風雨欲來之勢。因此，密州的寂寥之感、徐州的無常之慨，到了湖州，就化成了「盡日行桑麻，無人與目成」的寂寞。

下面我們就以鳥瞰式的方法，自東坡密州、徐州、湖州的歷程中選取一些詞，來看看他如何抒寫自己的內在情懷，如何透過不一樣的時空設計，反映出生命裡深沉的感思。

首先，我們來看看寫於密州時期的〈雨中花慢〉：

今歲花時深院，盡日東風，輕颺茶煙。但有綠苔芳草，柳絮榆錢。聞道城西，長廊古寺，甲第名園。有國豔帶酒，天香染袂，為我留連。　清明過了，殘紅無處，對此淚灑尊前。秋向晚、一枝何事，向我依然。高會聊追短景，清商不假餘妍。不如留取，十分春態，付與明年。

這首詞有序文，述說創作的原委：「初到密州，以累年旱蝗，齋素累月。方春牡丹盛開，不獲一賞。至九月，忽開千葉一朵。雨中特為置酒，遂作。」密州多年來深受旱災、蝗災之苦，但這一類天然災害卻又不是人力可以防範。熙寧八年，初到密州不久的東坡，決定齋戒一段時間，為百姓祈福，希望藉此莊重虔誠的心意和態度打動神明，使密州免除旱蝗之災。因此，在這段時間裡，他暫且遠離了詩酒歌舞、出遊玩賞的生活。而此時正在春夏之際，天氣宜人，密州雖無特別美景，但頗有些寺廟、名園栽種了不少牡丹，據說都盛開了，芳豔明媚，煞是動人。可惜東坡既有公務纏身，復因齋戒之故，既無暇也沒心情一睹芳姿，內心難免有些遺憾。卻沒想到，時序入秋，已是九月了，竟然在千葉叢中開出了一朵牡丹花！彷彿是上蒼垂憐，特別留下了最後的一朵餘韻給他欣賞。東坡也珍惜這份奇緣，雖逢秋雨，依然在雨中置酒賞花，並寫下這闋詞，記錄了自己與牡丹的一份美麗因緣。

這闋詞雖寫牡丹，卻不是純粹詠物，而是藉物以敘事抒懷，透過與花的際會，寫出年來的生活實感和心境變化。全詞沿著時間的脈絡書寫，上片寫春日齋素生活，空間由自己的庭院聯想到城西的古寺、名園；下片寫得賞牡丹的情事，時間由春及秋；結尾再由今秋擬想明春：「不如留取，十分春態，付與明年。」寫出賞愛牡丹的深情與對來年的盼望。這份對來年的盼望——明年春天再賞牡丹——豈非也蘊含了另一期待，期待明年此地無災無難，自己也就不需要齋戒祈福，而可以及時遊春賞花了。

此詞的結構，空間的延伸是從室內到室外，時間則是蜿蜒變化，從今年的春天寫到秋天，再付與明年。全詞讀來，情思宛轉，語調閒雅，娓娓道來，自有一種特殊的韻致，所以，鄭騫先生〈成府談詞〉便推這闋詞為東坡「韶秀舒徐」的代表作之一。

透過〈雨中花慢〉，我們可以看到東坡詞中特殊的時空處理方式，把時空拉大、拓寬，於是感情隨之慢慢引導下來、發展下去……

接著，我們來看看另一首作品〈陽關曲．中秋作〉：

暮雲收盡溢清寒，銀漢無聲轉玉盤。此生此夜不長好，明月明年何處看。

熙寧十年（一〇七七），東坡移調徐州，弟弟子由也改派南京留守簽判。由於兩人都是由北往南走，兄弟倆總算如願約好在澶濮之間會合，一起去到徐州。子由在徐州陪著哥哥住了一段日子，過完中秋才離去，這是分隔六年後，兩兄弟難得的相聚。前此一年中秋，東坡才寫了〈水調歌頭〉，為無法與弟弟共度佳節而不勝感慨。現在，他們終於又能像年少時一樣共賞明月了！然而，中秋一過，子由一家也就必須離開。團圓的歡喜隱含著離別的憂傷，這樣的情緒何其複雜。面對此情此景，東坡選擇了代表離別的曲調：〈陽關曲〉，以之留下了這個特別的夜晚、複雜的情緒。

〈陽關曲〉是小令，篇幅短如絕句，而東坡藉著特殊的時空處理方式，就把複雜的情思融合在短短的四句之中。詞從傍晚寫起：當傍晚的雲彩散盡之後，空氣中瀰漫著清涼的寒意。這樣的寒意帶出了我們熟悉的秋夜氣息，第二句便來到了晚上：銀河寂靜無聲，明月默默移動——東坡用「轉」字寫月的移動，一則呼應圓月的外形，一則也藉此動詞連結了銀河與明月，彷彿是銀河推移著明月轉動，自東而西；也似乎是明月自行移轉著方向，由低至高再漸漸低垂……不論移動的力量自何而來，不變的是「永不停歇的流轉」。不寫賞月的歡聚，不寫思及明日離愁的默然，東坡只寫寧靜的夜空，而縱使只剩無聲的宇宙，時間依舊不斷的轉動。短短兩句，時間從黃昏夜幕初降到星空月色變遷，不也凸顯了時間的無情流逝？而這正是東坡內心最大的焦慮。毋怪乎他接著的感觸是：「此生此夜不長好，明月明年何處看？」人生能如今夜這般美好光景並不常見也難永遠保有，縱使明年有相同的中秋月色，我們又怎知會在何處舉首望月呢？〈水調歌頭〉不是說：「人有悲歡離合，月有陰晴圓缺，此事古難全」？今年中秋月圓，我們在徐州歡聚，明年呢？不只不知能否一起賞月，事實上，東坡、子由也難以預測自己會在何處呀！

這闋詞就以上述的時空設置——時間由黃昏到深夜，從此夜到明年；空間則用不變的月光、永恆的月色，對照此夜徐州與明年何處之變化——在小小的篇幅裡，寫出了廣大深刻的時空之感喟。

元豐二年（一〇七九），東坡又必須離開日漸熟悉的徐州，轉任湖州太守。他揮別徐州的詞作〈江城子·別徐州〉，就寫出了一種「天涯流落，時空流轉」之悲：

天涯流落思無窮。既相逢，卻匆匆。攜手佳人，和淚折殘紅。為問東風餘幾許，春縱在，與誰同。　隋堤三月水溶溶。背歸鴻，去吳中。回首彭城，清泗與淮通。欲寄相思千點淚，流不到，楚江東。

離情依依，這回東坡以詞中常見的方式，假託女子之口，在上片寫出春日縱使美好，今後離去，將再也無法共享春光；下片則寫離去，一路漸行漸遠，曾經熟悉的一切變得遙不可及，彼此思念的情意恐怕也將在時空流轉中失去了聯繫。水流不斷，似乎總能乘載著人間的思念來來去去，自此端到彼端。可是，東坡在這裡借實際的地理形勢說：「欲寄相思千點淚，流不到，楚江東。」「楚江東」是指湖州（浙江吳興）。長江中下游一帶古屬楚地，因此這一段長江也稱「楚江」，而長江下游以南地區稱「江東」，湖州因在此區域，故東坡以「楚江東」代稱。由於長江經揚州之後轉東南流至吳淞口入海，不會流經在更南邊的湖州，所以說思念的淚水縱使託付綿延不絕的江水，也是流不到東坡所在之處。

在這闋詞裡，東坡展現了更深的天涯流落之悲、時空遠隔之感。帶著這樣的情緒，東坡離徐赴湖，途中，他重訪揚州平山堂。

平山堂在現在的江蘇省揚州市，是慶曆八年（一〇四八）歐陽修知揚州時所建。堂之所在地勢很高，由此瞭望，江南諸山拱列在堂檐之下，彷彿伸手即可攀取，所以命名為

「平山堂」。東坡與這個地方甚有緣份。熙寧四年，他由汴京赴杭州通判任，以及熙寧七年由杭州赴密州知州任，都曾路經揚州，到訪此處。元豐二年四月，東坡由徐州赴湖州知州任，第三次到揚州，再登平山堂。此時，歐陽修已去世多年，他緬懷恩師，遂於知州鮮于侁宴上，即席賦詞，留下了這闋〈西江月・平山堂〉：

三過平山堂下，半生彈指聲中。十年不見老仙翁，壁上龍蛇飛動。　欲弔文章太守，仍歌楊柳春風。休言萬事轉頭空，未轉頭時是夢。

這闋詞充滿著矛盾的情緒。一方面意識到恩師精神之不朽——「壁上龍蛇飛動」、「仍歌楊柳春風」——歐陽修的書法墨跡仍然如龍蛇飛舞，生動鮮活的留存在平山堂的牆壁上；筵席上，歌女依舊清晰傳唱的是歐陽修為送劉敞出守揚州所譜寫的詞篇。但另一方面東坡卻也流露出面對時間的傷逝之歎。在既肯定又似乎否定的糾結情緒裡，最後，他歸結而得的感慨竟是「人生都如一夢」的哀傷。

此詞結拍兩句是就白居易「百年隨手過，萬事轉頭空」的說法，翻進一層，認為並非要等到臨終時，我們才能有「萬事皆空」的體悟。其實，人活在當下，每一天每一刻都如一夢，虛幻不真。所謂「休言萬事轉頭空，未轉頭時是夢」，並非是對白居易原句的文字爭辯，事實上這也正是東坡實際的心靈感受。這些年來幾經憂患，他不但無法如歐公那樣以詩酒自寬，反而似乎墮入了更憂傷的境地，頓感浮生若夢。

這闋詞讀來，令人感受到其中的意態深沉，不過，接著發生的「烏臺詩案」，才真正讓東坡對如夢的人生有更痛切的體會。

歐陽修終生不忘平山堂，其實東坡又何曾忘懷？「烏臺詩案」後，東坡謫居黃州，曾賦一闋〈水調歌頭〉，詞裡就說：「長記平山堂上，攲枕江南煙雨，渺渺沒孤鴻。認得醉翁語，山色有無中。」幾瀕死亡，逃過一場政治風暴的東坡，在生活困頓、前途茫茫的黃州歲月裡，不禁想起平山堂的美景，想起自己崇敬的恩師，也終於能夠體會歐陽修詞句「山色有無中」的意義。在變幻難測的人生中，平山堂彷彿聯繫著一種不變的精神，見證了人情的美好，也讓人領悟到自然的真諦。

（二）古今如夢，何曾夢覺——〈永遇樂〉的虛妄之感

想要深入理解東坡在徐州時期的時空之悲、人生如夢之感，〈永遇樂〉是值得細細品味的詞作。前文曾經提過，詞以對比的美感為基調：今與昔、變與不變……等等，而種種相對的情境中，則以真與假、夢境與現實的對比最為強烈。東坡在〈永遇樂〉裡就是藉由夢境、現實的對比書寫，深刻的呈現了人面對古今時空而滋生的那種深沉、幽渺、廣闊、無奈、惆悵的感覺，這是東坡突破詞的藩籬、跨越時空的重要作品。

永遇樂 彭城夜宿燕子樓夢盼盼，因作此詞。

明月如霜，好風似水，清景無限。曲港跳魚，圓荷瀉露，寂寞無人見。紞如三鼓，鏗然一葉，黯黯夢雲驚斷。夜茫茫，重尋無處，覺來小園行遍。　天涯倦客，山中歸路，望斷故園心眼。燕子樓空，佳人何在，空鎖樓中燕。古今如夢，何曾夢覺，但有舊歡新怨。異時對，黃樓夜景，為余浩歎。

此詞作於元豐元年（一〇七八）秋天，東坡四十三歲，擔任徐州知州。東坡是前一年到任，如前所述，弟弟子由與之同行，並在徐州住到中秋過後才離開。子由離開沒幾天，八月二十一日，黃河氾濫，徐州大水，東坡率同軍民對抗這場水患，成功的將洪水擋在城牆外，使徐州城民免於流離失所。水退之後，他又耗費許多心力向朝廷爭取款項、修建大堤，進行種種治水工程，其中彭城（徐州州治）東門之擴建也與工程有關。修堤治水的工程告一段落，已是第二年，亦即元豐元年。東坡隨後又在東門之上，修建了一座樓臺，樓臺特別以黃泥塗壁，取五行中「土能剋水」之意，期許水患遠離徐州。這座樓臺就命名為「黃樓」，上有記載搶救水災經過並附皇上嘉勉詔令的刻石，也有子由撰稿東坡書寫的「黃樓賦」碑石。可以說，這座黃樓既有剋水之意，也用以紀念徐州官民同心協力戰勝洪水的事蹟，同時無疑也見證了東坡在徐州的功業。

黃樓是新建築，燕子樓則是徐州城的古蹟。相傳唐代張愔任徐州刺史時，納歌妓盼盼為妾，倍極寵愛，為她蓋了燕子樓為居所；張愔去世後，盼盼念舊愛，獨居此樓十餘年，寂寞以終。

〈永遇樂〉詞序裡，東坡自云：「夜宿燕子樓夢盼盼」——也許是因為對往日那段淒美情事耳熟能詳，因此，住進了這處古蹟，不免思及此事，於是，睡夢中依稀彷彿就見到了那執著舊情、不肯離去的佳人。醒來後，多有感懷，遂寫下了這首時空意識相當深沉的詞篇——但整闋詞卻未曾詳述夢境，亦不及於盼盼的形貌、當日的歌舞情事。原來，東坡是藉夢起興，引發出人生如夢的感歎。燕子樓、黃樓，兩座不同世代的建築，一為珍惜美人情意，一與百姓福祉、東坡治績相關。樓有新舊，建築目的也各自不同，然而，東坡由今思昔，自昔見今，卻體悟了此間永恆不變的生命困境。

「明月如霜，好風如水，清景無限。」詞一開始呈現的是銀白清冷的月色、舒徐有涼意的秋風，是無限清幽的景象，是彷彿天地靜止的畫面。可一轉筆間，畫面空間動了：「曲港跳魚，圓荷瀉露」——曲曲折折的湖岸港灣間，時有魚兒自水面躍出，噗通一聲又落回水中，一圈圈的漣漪便兀自散開；圓圓的荷葉上凝結了露珠，夜風拂過，荷葉輕翻，露珠就自葉面滑瀉下來，落入水中，於是，漣漪再度緩緩盪開……荷葉圓，湖岸曲折，遠近的構圖錯落有致；而魚兒與露珠一上一下間，此起彼落，水紋盪開的畫面不斷擴散。這首詞的世界，彷彿就從一點開始，逐漸擴大、加深我們的時空感受。然後東坡說：「寂寞無人見。」前五句所呈現的舒徐夜色、幽靜園景，就好像今日攝影所謂之「空景」，只有景物自然呈現，此中並無人。那麼，東坡是說如此夜色如此園景，卻空無一人，縱然自己也不在其中，徒留無限寂寞？抑或是說像這樣的寂寞情境卻無人見過、無人體會？

就在我們尋思「寂寞」之際，東坡筆鋒又一轉：「紞如三鼓，鏗然一葉」，遠處更鼓聲，近處葉落聲，輕重不一的聲響，打破了此間沉寂。「紞如」形容鼓聲，語音略沉，有著撞擊、敲破前面清幽之景的效果；「鏗然」，則以金屬之音寫一片梧桐葉落下的清脆聲響；這兩句生動的強化了「夢雲驚斷」的感受。而更鼓是時間流逝的通告，落葉是季節更迭的表徵，那麼，驚斷夢雲的又豈只是聲音？從幽邈夢境中驚醒，意識猶自迷惘，周遭仍是夜色茫茫——東坡於此用了重語、疊字（「黯黯」、「茫茫」），增加了一種蒙昧不清、醒後茫然迷惑的感覺。「覺來小園行徧」，醒來後的詞人走遍整座園子，卻「重尋無處」，怎麼找也找不到了。他尋找的是什麼呢？失落的夢境？而夢境又是什麼？是開篇描述的明月、好風、曲港、圓荷和魚兒露水嗎？還是，那些清幽景色是此刻他行遍小園所見，是清醒後的實境，而遍尋不著的是另一個迷濛、模糊、連自己也分不清的夢境？最初六句所寫究竟是夢是真？一時之間，我們也無法分辨了……東坡在這裡似乎製造了模稜兩可的狀態，夢境與實境、真實與虛幻，誰能分得清清楚楚呢？夢如真，真如夢，一覺醒來，轉瞬之間，方才如真的世界盡成迷茫過往，無論如何費盡心力都再也回不去了！而時間推移，空間轉變，我們回不去的又豈只是夢境而已？

離家既久，天涯倦客也一樣是難以重返往日時空，面對遙遠的歸鄉路，恐怕只能「望斷故園心眼」——不論是舉目欲見或內心思盼，故園，那往日的時空，已經是想看也看不到，欲盼也盼不得了——這是「生離」之歎。更進一步想，「燕子樓空，佳人何在？空鎖樓中燕」——空蕩蕩的燕子樓，當年曾是盼盼的居所，而今呢？美人深情，卻難敵歲月悠悠。到頭來，燕子樓終究留不住佳人，留不住情思眷戀，徒然只剩年年來去的燕子、無人見的寂寞——這是「死別」之歎。不論生離或死別，都一樣無法克服時空的差距，離家的無法重返故園，離世的更難回到人間……

從而東坡感悟到了人生擺脫不掉的宿命：古往今來，如同一場大夢，誰能從夢中真箇醒來？《莊子．齊物論》說：「方其夢也，不知其夢也。夢之中又占其夢焉，覺而後知其夢也。且有大覺而後知此其大夢也。」當我們在夢中時，不論遭遇為何，我們都會隨其喜怒哀樂，一點兒也不會當它是夢。必須等到醒來，才會發現：剛剛真實無比的一切，竟然只是虛幻的夢境！那麼，由此深思，我們為之悲為之喜為之怒為之憂懼的人生，是否也是一場尚未醒來的大夢？只是，要自此「大夢」中「大覺」，並非易事。於是，我們往往就困在生離死別之中，困在歡喜悲怨之中，殊不知，這些相對的情境、相對的情緒總在人的一生裡循環交替、此起彼落，「但有舊歡新怨」，只因未嘗醒來，我們遂把一切認作真實，執著糾纏其中，永遠都無法跳脫。而古往今來，在歷史的長河裡，人類不是也不斷的重複著類似的情節？東坡說：「現在我來到燕子樓憑弔盼盼，她的愛情故事傳誦至今，令人神往，也令我不勝感慨；多年之後，人們登上徐州黃樓，面對當時夜景，同樣也會追憶我今日在徐州的功業，為我慨歎不已！」這段話說來有一份自得，為自己能盡責於職守且幫助了百姓而感欣慰，但細思量卻也令人感傷。「後之視今，亦猶今之視昔」，這是王羲之〈蘭亭集序〉裡的一段話，意思是說以後的人看我們，就如同我們現在看以前的人一樣——現在我們憑弔前人，感歎物換星移，人事全非，後人不也將睹物思人，悵然追憶消失於時間長流中的我們？這似乎是人生的宿命，輪迴不已的悲哀。

由露水凝結、滴落的夜間幾刻鐘，到夜之將盡、新的一天即將開始的三更時分，再到葉落知秋的歲時更迭，時間如漣漪，不斷擴散、拉長；詞之下片更進而推到了生離死別情狀下的十餘年、過百年，乃至過去、現在、未來的時間長流，終而歸結至「古今如夢」的概念裡——這闋詞的時空設計極為特殊，不同於傳統詞篇，也傳達了比一般詞作更為深沉、遼闊的時空之思。

若非遭逢極大的困挫，有著極痛的感受，卻又對人世依舊眷戀，有著執著不悔的情意，又豈能激盪出如此深切的人生如夢之感呢？東坡一生多變，從離開汴京之後，三年兩年一調，常在入世與出世間掙扎徘徊，感受既多且深。此時的東坡，抗退洪水，建立事功，得到百姓的愛戴，自信可以留名千古。然而，夜深人靜，面對徐州的歷史遺跡——人去樓空的燕子樓——思前想後，卻頓生人間空茫之感。美人韻事俱成過往，官宦事功又何嘗不是轉眼成空？東坡由此體悟人生彷如一夢，而人之所以沉醉於夢境之中，無法醒轉，主要就是因為有份情在、有份眷戀。詞，唱出了這「剪不斷，理還亂」的情思，因此就譜成了永恆的哀歌：舊歡不再，新怨不斷，抑揚跌宕的情感節奏中，迴盪著歲月飄忽、別恨無窮的旋律。這闋〈永遇樂〉在清麗舒徐的風格中，有著深刻的生命體驗和無窮的感歎。

（三）「烏臺詩案」後如夢人生之體驗

宋神宗元豐二年（一〇七九），東坡四十四歲，從徐州太守調派湖州太守。他四月底到任，並循例上呈謝表感謝皇上恩典。不料七月時，朝廷的御史李定、何正臣等人就以東坡〈湖州謝上表〉裡面的內容，以及這些年詩文作品中論及新政事務的文句，指稱東坡對君王、朝政多所怨望譏謗，妄自尊大，至為不敬，再三提請查辦。最後，神宗下旨送御史臺根勘（徹底查明）。七月二十八日，東坡在湖州官邸就捕，遞送京師御史臺獄，開始了一連串嚴厲的調查、審問，禍及子由和許多師友。雖然初始形勢險惡，似有性命之虞，不過，十二月定讞，東坡幸免於死，貶任黃州團練副使，不得簽署公事，不得離開黃州。自七月二十八日繫獄，到十二月二十九日出獄，東坡這場牢獄之災整整五個月。由於御史臺又稱烏臺，所以歷史上就稱東坡這一起因詩文而獲罪的事件為「烏臺詩案」。

在東坡的政治生涯裡，「烏臺詩案」是一次可怕的驚濤駭浪，來勢洶洶，幾致之於死；然而，如果我們檢視東坡生命人格成長的歷程和藝術創作的痕跡，「烏臺詩案」無疑扮演了關鍵的角色。在詩案發生的期間，除了少數詩篇外，東坡的創作已然停頓，可是，他內在活潑、敏銳的心靈依然躍動，帶領他回首前塵，反身自照，肯定了人世間種種割捨不去的情誼。這份對人世的愛支持他熬過現實的考驗，使他在惶恐、困惑、悲哀裡，揚棄了年少時的驕銳之氣，逐漸淬煉成較為圓融通達的人生體悟——這是東坡的作品和人格裡面，最為可貴的本質。我們可以這樣講，杭州、密州、徐州詞提供了東坡黃州詞以前的創作經驗，也讓他藉著這種文體梳理自己的生命情懷；而「烏臺詩案」衝擊了一切：理想、信仰、人心、命運的自主、事功的永恆……卻也同時深化了東坡的情懷與體悟。「烏臺詩案」是東坡生命與創作的轉捩點。

詩案以前的東坡，骨氣傲然，懷抱理想，卻未經嚴厲考驗；才華洋溢，光芒四射，更難免銳利傷人。詩案期間的東坡，飽嚐政治的險惡無情，但同時也感受了親友與杭州等地百姓的關愛之情，這些溫暖的情誼使得他在顛仆困危之際，不曾對人世失望。詩案以後的東坡，貶謫黃州，前途茫茫，不免有挫折後的寂寞，但經過黃州歲月的自我沉澱與提升，卻使他走向了更高遠的人生意境。

林語堂《蘇東坡傳》說：「人總不知道何者為好運，何者為惡運。」「蘇東坡幸而死裡逃生，至少是個驚心動魄的經驗。他開始深思人生的意義。」而西方學者羅洛・梅（Rollo May）也談到：「命運是不可能抹消的，但是我們可以選擇如何回應，如何活出自己的能力。」荷西・奧德嘉・伊・加賽特（José Ortega y Gasset）則說：「生命的意義除了接納無可改變的環境，並將之轉變為自己的創造之外，別無其他。」

東坡不曾料到自己所遭逢的這場風暴，也無法改變或逃離這一切。當他被囚禁在御史臺監獄時，他應該最能深刻的感受到：過往的人生不能抹滅、無法重來，未來的生死福禍更是完全掌握在別人手中，他一點也著力不得；命運的浪濤起伏波動，會將他推往哪裡呢？自幼聰穎，文采斐然，幸福的長大，得意的中舉，親情友情、長者關愛之情、文人百姓敬愛之意環繞著他，雖然政治的理想受挫於現實環境，但仕途生涯卻也無太大的波折——現在，命運給了他嚴峻的考驗，他要如何回應呢？「烏臺詩案」看似中斷了東坡的仕途，不過，卻讓他暫時停止了繁忙且變動不居的官宦生活，給了他沉澱、自省的機會，而他將在這段廢居的歲月裡，面對自己，思索人生的意義，梳理內在疲憊、紛亂的心思，重新找到自己的定位、自己的理想。

黃州時期是在元豐三年（一〇八〇）至元豐七年（一〇八四）之間，東坡四十五歲到四十九歲的時候。對他而言，「烏臺詩案」突然而至，凶險莫測，最終卻能以貶官作結，再與親人相聚，簡直恍如一場噩夢，比起前述〈永遇樂〉裡的情境更具真實的況味。這一場夢，結束了嗎？何時能真正醒來？東坡也不知道。而如何自處於身心煎熬的貶謫歲月，更是他在黃州時期最需要面對的課題。此時，他的理想與現實之間的矛盾衝突比起過往更為強烈，生死禍福難測的遭遇也加深了他對於人世無常的感慨，人生如夢之感尤其深刻。

翻開這一時期的東坡詞，就會發現與「人生如夢」相關的句子、想法，較之先前更多、更沉痛……

初抵黃州的元豐三年中秋，東坡填了一闋〈西江月．黃州中秋〉，開篇就說：「世事一場大夢，人生幾度新涼？」這是他以真實的生命歷練所體證的人生虛幻、歲月無情的感受。此時的東坡，餘悸猶存，面對未來的現實生活更感無奈悵惘。一年後，他漸漸的適應逐客生活，心情也平靜了許多。但時間推移的哀感，卻也因生命之閒置而時時襲上心頭，例如〈定惠院寓居月夜偶出〉這首詩寫道：「不惜青春忽忽過，但恐歡意年年謝。」而〈正月二十日與潘、郭二生出郊尋春……〉一詩則有句云：「人似秋鴻來有信，事如春夢了無痕。」

元豐五年（一〇八二），他來到黃州的第三年。這是他輾轉反覆於夢、醒之間，情緒相當波動的一年。是年初春，他向公家借到了一塊荒蕪廢棄的土地，命名「東坡」，開始在此耕種，並自號「東坡居士」，又蓋了一座簡樸的「雪堂」，作為休憩之處。他感到滿意自適，覺得這樣的狀況與陶淵明隱居生活的意境相似，正是自己心嚮往之的生活，因此，就寫了〈江城子〉一詞以明志，對躬耕歲月充滿了期待的喜悅。詞篇開始便說：「夢中了了醉中醒，只淵明，是前身。」結語則說：「都是斜川當日景，吾老矣，寄餘齡。」在人生的大夢中，不願再任由擺布，希望能尋得自我的清醒，自己決定生命的取向。可以看出，經過兩年的迷惘、悵然、掙扎和沉潛，這個春天，東坡正嘗試著以積極進取的態度迎接新的一年及未來。

然而，天不從人願，懷抱新的心情，開始努力整地、耕種的東坡，接著面對的竟是連下兩個月的雨，溼冷陰鬱的天氣令農事受阻，更令心情跌落谷底。就在連綿春雨中，坐困陋屋裡的東坡於寒食節寫下了著名的詩：〈寒食雨〉二首。第一首寫雨中海棠凋謝，自己謫居臥病，兩相對照，惜花自憐，無限感傷；次一首寫雨勢滂沱，居家簡陋，生活的危愁苦困，而鬱悶隔絕的生活竟使人連歲時更迭、節令變遷都幾乎忘了，結語四句更發出了極為沉痛的哀鳴：「君門深九重，墳墓在萬里，也擬哭途窮，死灰吹不起。」正是所謂報國無門，歸家不得，進退失據，陷入了全然無望的絕境——這是東坡一生中，出語最為淒然絕望的詩篇。

不過，雨季再長也終會結束。三月七日，趁著天氣轉晴，東坡和朋友到沙湖看田地，回程卻又遇到下雨，但沒多久天就放晴了。他因而填了一闋〈定風波〉，寫出悠然自得於雨中的心情，以及超越人世風雨晴陽，達到寵辱皆忘、得失不縈於心的坦然自在之境：「回首向來蕭瑟處，歸去，也無風雨也無晴。」這是東坡從人生風雨困境中走出來，自我惕勵的心聲。

不過，事實上，此時的東坡並未能真正平定人生波瀾，了然無罣礙。元豐三年到五年之間，東坡生命無常的感慨，持續表現在對時序遷移、年華流逝的敏感，我們可以在此期的許多詩詞作品中，反覆的讀到這些表現。例如這首〈浣溪沙〉的結語說：「誰道人生無再少，門前流水尚能西，休將白髮唱黃雞。」他遊蘭溪時看到水往西流，這與當時習見的水往東流很不一樣，於是就藉由這一反常現象抒發理趣。這幾句話看似幽默自得，其實裡面卻存在了面對時間的憂懼之感。

（四）不道流年，暗中偷換——〈洞仙歌〉的時空之歎

元豐五年的夏日，東坡突然想起了四十年前在家鄉的童年往事，隨而填寫了一闋〈洞仙歌〉。這闋詞關心的仍是時間的主題。詞寫後蜀花蕊夫人納涼情景，百年往事，依稀目前，細細描摩回味之際，時間不曾停歇。東坡借事述懷，流露韶光暗逝的哀歎。

洞仙歌

余七歲時，見眉山老尼，姓朱，忘其名，年九十餘。自言：嘗隨其師入蜀主孟昶宮中。一日大熱，蜀主與花蕊夫人夜納涼摩訶池上，作一詞。朱具能記之。今四十年，朱已死久矣，人無知此詞者，但記其首兩句。暇日尋味，豈〈洞仙歌令〉乎？乃為足之云。

冰肌玉骨，自清涼無汗。水殿風來暗香滿。繡簾開、一點明月窺人，人未寢，攲枕釵橫鬢亂。

起來攜素手，庭戶無聲，時見疏星渡河漢。試問夜如何，夜已三更，金波淡、玉繩低轉。但屈指西風幾時來，又不道流年，暗中偷換。

這闋詞的長序，清楚的敘述了寫作的緣起。序文從童年的回憶開始：七歲的東坡在家鄉認識一位九十幾歲的老尼，聽老尼講述年少時隨其師父入蜀主孟昶宮中，得見美麗的花蕊夫人與蜀主夏夜納涼之情景，得聞蜀主當時為夫人所填詞作。時移事往，改朝換代，已經九十多歲的老尼卻依然清清楚楚記得那些青春往事，且能完整背誦那闋詞。當時年幼的東坡似懂非懂的記進腦中，四十年後，伴隨對家鄉的回憶，不知不覺的便想起了。只是七歲孩子記得故事卻未能完整記誦大人的詞篇，而九十幾歲的老尼當然早已不在人間，無從問詢。於是，四十七歲的東坡憑藉記憶中的首兩句，再三尋味，猜測原作是〈洞仙歌令〉，於是，就以這兩句起篇，用〈洞仙歌〉詞調，自行往下填寫，把整闋詞補足完成。這過程彷彿恢復曾有的過往、曾經存在的作品，事實上，卻已經是東坡以現在的心情來詮釋另一段遙遠的時空。

只讀詞序，我們就已看到了交錯複雜的時空：七歲小東坡在眉州，聽九十幾歲老尼談她年輕時進入的蜀主宮殿、看到的花蕊夫人、聽到的樂曲詞篇；一轉眼，則是四十七歲的東坡在黃州，尋思前事（眉州歲月、西蜀時代），重寫篇章——時空流轉之感就在這樣的敘述裡強烈的呈現。為什麼此時此刻，謫居黃州的東坡忽然想起這些且執意為兩句文詞補足完整篇章呢？對離家的遊子來說，面臨時間流逝、理想落空的無奈寂寞時，往往會產生深切的思鄉情緒，而無憂無慮的童年往事就成了一種情感依託。其中出自老尼之口的宮廷掌故、貴妃情事，在東坡童稚的心靈世界裡應該充滿奇幻的色彩，令他產生許多遐想。對於夏日經常滿頭大汗的孩子而言，明明是需要納涼的夏夜，詞裡卻形容花蕊夫人「冰肌玉骨，自清涼無汗」，更是令人難以想像——這兩句究竟是真的出自老尼背誦的原文，令東坡印象深刻？抑或是老尼的描述加上小東坡的遙想，最後形成了今日東坡個人的記憶圖像，變成他內心深處虛幻化的美女形象，彷彿遙不可及的仙靈一般，象徵純真的歲月、純真的靈魂？東坡選擇〈洞仙歌令〉詞調，豈非是因「洞仙」——洞中仙子——正暗暗貼合「冰肌玉骨」的空靈之感？而想像中花蕊夫人高貴的形貌、如冰似玉的膚容、與凡俗遠隔的心理，何嘗不是現實中飽受挫敗的東坡，咸自矜持，意欲對抗俗世價值顛倒的情況下，在內心世界所塑造的一種孤高形象？以心靈之潔癖保住人格精神之不墜，是傳統詩人自我重新肯定的一種方式，如屈原〈離騷〉、陶淵明〈閒情賦〉等作品中的美人意象，就都寓有此意。然而，在這自我肯定的意識中，東坡對生命本質的體認卻仍有著深沉的悲感，那是一直以來的時間推移的焦慮……

〈洞仙歌〉具現了東坡記憶裡老尼敘述的花蕊夫人夏夜納涼的情景，詞聚焦在花蕊夫人的體貌特質，進而寫出她的內在意蘊——一種對時間無情消逝的深幽寂寞之感。全篇的鋪排依循傳統詞篇的寫作方式：描繪女子由其外貌行止寫到內在情思，整體敘述則是自景色人物始，最後結於心境感懷，層次井然。東坡用現在的心境來詮釋這個童年聽來的故事，賦予回憶以現在意義。整闋詞的情調氣氛，就以東坡猶能記憶的「冰肌玉骨，自清涼無汗」兩句推衍鋪染，奠定一種高格響調，展現了出塵脫俗的姿態。

詞的開篇是東坡記憶中的句子，也是東坡不曾或忘的清雅不落俗塵的美人意象——暑熱之中，依然清淨潤澤的肌膚，如冰似玉，自是清涼不流汗。緊接兩句之後的是「水殿風來暗香滿」——水中央的宮殿，隨夜風飄散的花香，花香環繞裡呼之欲出的美人——一筆寫來，看似寫景，於富麗中別具清雅氛圍，卻也烘托出「花蕊夫人」的稱號。詞篇至此，我們彷彿也如昔日的小東坡，對那位空靈的美女產生了好奇，產生了無限的想像，期待更清晰的見到她的形貌。「繡簾開，一點明月窺人，人未寢，攲枕釵橫鬢亂。」東坡終於讓美人出場了，但卻不是直接描寫她的樣貌。他先讓我們看到繡簾微微掀開，月光從這開口處斜斜的照進了屋內，在這兒東坡用了擬人手法——「一點明月窺人」——想一窺美人的不只是你我，就連月亮都忍不住穿透掀開的簾縫窺探這人間仙子的美貌呀！美人尚未就寢，我們終於與明月一起見到了她：斜靠枕頭、鬢髮頭飾有些凌亂，似待人來，卻也不刻意裝扮，十分惹人憐愛的慵懶姿態。不用精緻的珠寶、粉妝，東坡寫的是自然素淡、不假修飾的本然之美，正呼應了「冰肌玉骨」，擺落凡俗美豔的特質。

下片寫的是納涼情事。東坡未著墨孟昶，只間接用他來做引渡——「起來攜素手」——攲枕釵橫鬢亂的花蕊夫人起身了，有人（孟昶）牽起她白淨的手，帶著她從室內走到室外。「庭戶無聲，時見疏星度河漢」，踏出房門，走到庭園，迎接他們的是萬籟俱寂的世界。而在靜靜的夜色中，偶而就會看到星星掠過銀河——看似靜止的星空，其實仍有變動；看似毫無動靜的周遭世界裡，時間依舊默默的流逝——時間被意識到了，於是，下文即由花蕊夫人的探問，寫出了她心中的憂慮：「試問夜如何，夜已三更，金波淡、玉繩低轉。」夜有多深呢？月色已較先前黯淡，玉繩星也轉到了比較低的角度，不用旁人提醒，花蕊夫人也能推知：已經是三更時分了。東坡的月夜作品很喜歡寫三更之時。三更，是晚上十一點到凌晨一點，正是一天要結束另一天將開始的階段，在這個轉換點上，要消逝的那一天已到盡頭，轉眼就過去了，而新的一天往前走來，擋也擋不住……三更，往往是東坡思考生命、對人生產生諸多感慨的時間，我們在他的黃州時期的作品尤其可以感受到這一點。

時間在一更一更中流逝，隨一天一天而消失，季節也同樣的更迭不止。此刻猶是需要納涼的夏夜，但屈指推算，距離秋風吹來的時節還有多久呢？很快的，秋天就會到了，而當西風吹來，暑熱不就消褪了？時間的推移將帶走今日難熬的熱氣，這樣的想法帶著對未來時光的一份美好期待。但進一步去想，夏去秋來，秋去冬至，「又不道流年，暗中偷換」，當我們屈指計算時日的當下，時間也就在不知不覺中偷偷的變化了。我們根本掌握不了確切的時間，它就如流水般溜過我們的指縫，抓也抓不牢。這是花蕊夫人的體悟？還是東坡的按語？其實已混為一體。

這闋詞透過對往事的追憶，所要關注的卻不是花蕊夫人的浪漫情事，也不是童年或家鄉的種種，清麗詞句緩緩書寫的仍是屬於時間的哀歌。周汝昌對此有一段深刻的論述：

> 當大熱之際，人為思涼，誰不渴盼秋風早到，送爽驅炎？然而於此之間，誰又遑計夏逐年消，人隨秋老乎？……流光不待，即在人的想望追求中而偷偷逝盡矣！當朱氏老尼追憶幼年之事，昶、蕊早已無存，而當東坡懷思製曲之時，老尼又復安在？當後人讀坡詞時，坡又何處？

九百多年後，我們讀東坡此詞，何嘗不會興起「流年偷換」的感歎？東坡的時間感懷並不只是他個人的哀傷，他所寫出來的正是人類共同的歎息。

羅洛．梅（Rollo May）說：「記憶不僅僅是過去的時間在我們腦海中刻下的印記，它是一個守護者，守護著那些對於我們最深切的希望和恐懼而言有意義的東西。」屬於七歲的一段回憶在四十七歲的東坡腦海中守護的是什麼？〈洞仙歌〉以舒徐清麗的筆調寫出了「冰肌玉骨」的美人形象，卻又以「不道流年，暗中偷換」終結詞篇，不獨讓寂寞惆悵的情懷餘韻裊裊，且使得這份「流年無情、暗中偷換」的感傷環繞成主旋律，令人不得不驚覺「冰肌玉骨」也難敵歲月飄忽——當東坡以當下的時空意識喚起童年往事時，也同時喚來了他內在不與流俗、自許高潔的理想，以及長久以來揮之不去的時間憂懼——這是另一種淒涼的弔古情懷。

從〈永遇樂〉到〈洞仙歌〉，東坡詞已導向人與歷史對照的命題。透過對往事的追憶，思索人生的定位與去向，體認生命意義的真實與虛妄。這樣的時空意識所形成的傷感基調，與之後〈念奴嬌〉、〈赤壁賦〉等一系列的創作，可以說是一脈相連。

而從之前的〈永遇樂〉等作品到現在所讀的這闋〈洞仙歌〉，東坡對時空的描寫，明顯的突破了詞體的局限。他擴大了時空的書寫，也因此加深了其中所能表達的情思感懷。這種在有限的文體限制之中挑戰突破且不破壞本質的寫法，正好也展現了他在限制中依然活躍的自由意志。

對東坡來說，時間的焦慮始終存在。焦慮固然來自找不到生命的定位、迷失了生命的方向感，但這樣的時間焦慮卻也同時有著積極的作用。過去已逝，未來不可預測，與其在空間契闊、時間推移的意識中，不斷地徘徊、糾纏、迷失、悵惘，何不更積極地接受生命的限制，在限制中尋求自我的生命價值？「人若能覺察到自身命運，便能體驗到自身自由。」透過焦慮，人意識到了自我的局限，若能因此勇於迎接命運的挑戰，做出自由的選擇，那麼，也就能跨越焦慮，獲得生命的喜悅和成就感。

面對時空的變化，認知生命的限制，從而領悟如何活在當下，建立真實的存在體驗，於變化之中確認不變的人生定理，這是東坡隨後創作一系列赤壁文學所要處理的課題。

五、文體的抉擇

由〈念奴嬌〉到〈赤壁賦〉

（一）東坡謫黃時期的寫作背景和心境

在第一講時，我曾經談過文體的意義，提醒大家：每一種文體都有它特殊的體製、功用和表達的效果，因此也就分別適合不同的才性、心境、寫作環境、抒寫需求。而東坡在謫黃時期針對赤壁主題留下了三篇名作：〈念奴嬌〉、前後〈赤壁賦〉，由詞而賦的創作歷程，詞賦中共通的情思、相異和不同角度的思考體悟等，正好讓我們可以藉此探索尋思他如何選擇文體來表達並紓解內心的情緒，從而使我們更了解主體意識與文體特質的對應關係，認知文體的深切意義，並且更深刻的體會東坡面對生命困境時一而再、再而三的沉思省悟。

「烏臺詩案」之後，東坡論罪受罰，貶官黃州，這是他仕宦生涯的最大挫折。然而，從元豐三年到元豐七年（一〇八〇—一〇八四）的黃州歲月，卻也成了他詞作的巔峰期。這一段時期的東坡詞，充分反映出在貶謫生涯中其生命情懷從餘悸猶存到隨緣自適的轉變歷程，主要內容包含了現實生活的挫折感、生命無常的慨歎，以及曠達人生的體悟、歸耕閒情的嚮往；運筆構篇多圓融純熟，揮灑自如，偶不合律時，也能天趣獨成，可見其於詞體創作已達成熟階段。而詞中的心境由最初的沉痛悲涼逐漸轉為清遠曠達，則生命境界的轉化提升也於焉可見。

初到黃州時，東坡的內心仍然驚悸不安，面對現實生活更感無奈悵惘。不過，一年多之後，他的心情漸趨平靜，只是，時間推移的哀感依舊隨時襲上心頭。如何自處於身心煎熬的貶謫歲月——外在形體因罪官身分不得離開黃州，也因流光無情而青春漸老；內在心靈則因理想受挫、無所作為、前途未卜、人生無常而茫然悲痛——如何在限制與自由之間找到平衡？如何在變與不變之中尋得生命的定理？這是東坡長久以來面對的人生課題，而廢居黃州卻不願廢棄自己的心靈空間、濟世理想，那麼，他自然要更深摯的沉思以對。

元豐五年，東坡四十七歲，心境變化極大，情緒最為複雜，由苦悶、不安、悲歎漸趨舒緩、平靜、放曠。在閉門自省、歸田躬耕、憂心國是、訪友閒吟、放浪山水的生活中，對時間推移、生命無奈之感特深；而相對的，希望回歸平淡、嚮往閒適生活之情尤切；這種種情思都一一寫入了詩、文、詞裡面，留下了許多不朽名篇，如前面讀過的〈寒食雨〉二首、〈洞仙歌〉（冰肌玉骨），還有我們隨後會陸續讀到的〈定風波〉（莫聽穿林打葉聲）、〈西江月〉（照野瀰瀰淺浪）等等。也就是在這一年的秋冬之際，東坡先後寫作了〈念奴嬌〉、前後〈赤壁賦〉，這是他認真面對、梳理上述人生課題的重要作品。針對同一個地方抒發自己因此而興起的感思，一次填詞，另兩次則以賦體書寫。這選擇文體的動作本身呈現了什麼樣的意義呢？他如何去意識到詞體和賦體的本質和功能？又在怎樣的心境下選擇詞體或賦體？深入探索東坡的選體述情，將有助於我們了解東坡在創作這一系列作品時轉換體製、內外調適過程中的意義。

根據考證，東坡謫黃期間遊赤壁多達十次，而與赤壁相關、並以它題名的作品就有四篇：〈念奴嬌．赤壁懷古〉、〈前赤壁賦〉、〈後赤壁賦〉、〈記赤壁〉。〈記赤壁〉只是一篇短文，以文學價值來論，當然是以前三篇為代表。三篇作品的寫作時間分別是：〈前赤壁賦〉，元豐五年七月十六日；〈後赤壁賦〉，元豐五年十月十五日；〈念奴嬌〉，各家版本多編定在元豐五年七月，略早於〈前赤壁賦〉。

東坡矛盾難解的心情，藉著轉換文體沉澱抒發，而這些作品則見證了他調整心態的過程以及誠懇面對生命的態度。赤壁文學的「情」「辭」特質，必須放在這個脈絡上來了解，才能有深切的體會，並見出它在這一關鍵時期的真正意義。相關的探討會牽涉到兩方面：一在文辭表現上，為何是詞體和賦篇成就了這時期最重要的文學意境？二在情意內容上，是怎樣的生命議題、核心思想貫串了這一時期的文學脈絡？這與詞、賦的體性特質有何關係？

東坡在黃州時期之所以選擇詞、小品、散文賦為主要的抒情文類，最顯著的原因是他有意避開正統的詩文創作。東坡以詩文獲罪，責授黃州，面對寂寥的貶謫生涯，艱困的物質環境，他倒是比較容易調整心態以適應，但挫折後的陰影一時卻難以抹去，心靈上的創傷也不易撫平。東坡當時在書信中常說「多難畏人」，正是他非常沉痛的心聲。因為餘悸猶在，東坡不但自我警惕少作文章，也規勸故友不要在文章上太過著力。不過，所謂「不復作詩文」、「不復作文字」，其實並非真正完全停止詩文創作，而是要摒棄寓有政治意味、批判性質的詩文。在此原則下，東坡收斂其關心時事、批評朝政的議論筆意，將創作的大部分心力轉往詩文之外的他體，回歸日常生活中閒情雜事之敘寫，表達其情意世界裡哀樂悲歡的感受，以及生命意境的探尋與體悟，如此一來，遂成就了東坡文學最純淨高妙的時期。

一般來說，詞與小品的議論性不如詩文，與現實政治的關係也相對疏遠了些。譬如小詞這種文體，唐五代以來往往被視為小道末技，一般詞人多寫閨閣庭園之景、傷春怨別之情，士大夫若藉以抒懷，也鮮少直言家國忠愛之事。如此「卑下」的文體，多被視作遊戲之作，不易引起更多絃外之想，自然也不易受到正統文人的特別關注與青睞，引起廣泛的迴響。

至於賦體，本來就具備鋪陳的特色，再經歐陽修等人倡導的古文運動，改變了文辭駢儷之風，文人作賦，語言也就逐漸轉為平易自然，散文化的傾向愈來愈明朗，重哲理，求妙趣，多關切一般的生活情事、人生感悟，不復楚騷漢賦之多諷諭比興寄託之意，也少了揭示社會問題、反映政治見解的作品。像這樣的文賦，無涉於政治現實，自然就不易招惹是非。

不過，雖然說東坡的赤壁文學以詞和賦體表現，與他有意避開詩文創作有關，但並非唯一且絕對的因素。因為除了有爭議性或自知會惹事生非的題材外，東坡其實從未完全停止寫作詩文。那麼，如果詩、詞、文的情意內容和情感質素都一樣，不因文體而有不同的話，東坡似乎也可藉詩文來抒發與赤壁相關的情懷，畢竟這一類情懷不涉及現實是非。但東坡選擇了詞賦——是否依循當時的情感本質，詞賦是更合適的表達文體？情感本質關係到作者緣情興感的內在動因，那正是我們應關切的要點。

回顧前面曾經談過的，作為一種表達方式，詞自有其獨具的抒情與美感特質，了解這些特質，有助於我們體察東坡依循情感選用文體的意義。如前所述，詞的美感特質就在其情韻。由於詞的抒情特性，主要是以時空與人事對照為主軸，因此，詞的情韻，就是一種冉冉韶光意識與悠悠音韻節奏結合而成的情感韻律，迴環往復，通常以好景不常、人生易逝之歎為主調，別具婉曲之致。

東坡緣情為詞，關鍵也正是在於他有著敏感而深刻的時空推移的意識。如何在「人生有別」、「歲月飄忽」的感傷中，覓得心靈的依歸，在時空變幻裡找到生命的安頓處，始終是東坡一生的大課題。

剛到黃州的東坡，內心疑懼猶在，面對眼前未來，莫不深感無奈悵惘。而後，心情漸趨平靜，也逐漸適應當地的風土人情與自己的謫宦生活，但面對時間推移的感傷卻依舊不時浮現……

元豐五年，東坡在夢與醒之間輾轉反覆，這是他情緒波動非常強烈的一年。這一年春天，先是因即將展開的躬耕生活，使他對耕作於田野的恬淡歲月充滿期待，不料將近兩個月的雨季淹沒了自耕自足的想望，使他的心情跌到了谷底。前文我們讀過的〈寒食雨〉二首，記錄了這段困境，抒發了他內心的挫傷，可謂是東坡一生中出語最淒然絕望的詩篇。四天之後，三月七日，東坡作〈定風波〉一詞，詞末雖說「也無風雨也無晴」，但事實上此時恐怕猶未能真正平定人生的波瀾，了然無罣礙。因為他始終仍在意時序之遷移、年華之流逝。這年夏暑之夜，東坡想起童年往事，寫作了〈洞仙歌〉一詞，整闋詞所關心的還是時間的主題。入秋以後，〈念奴嬌〉、前後〈赤壁賦〉便相繼出現。

元豐四、五年間，東坡黃州生活逐漸安穩下來，心情也慢慢的放寬了些，朋友往來不少，書信往返增多，言談暢論之中，不免會激起關切時政之心。可是，愈有濟世的想法，愈是心繫家國大事，對儒家思想愈加肯定，東坡將愈感有心無力，生命徒然落空的悲哀也將更加深刻。

東坡的赤壁文學就是在這樣的背景下產生——長久以來對時空變換的憂懼，夾雜時事的關懷，有著歷史的感悟，於是就拉開了時空，自然也就拓寬了他審視人生意境的幅度。

赤壁文學的出現，不是一仍之前的詩和小詞，僅是抒發現實生活的哀歎、時空流轉的悲感，而是用更長的篇章，由情感到理性，不斷的轉換角度，透視人生的困境，並思以解脫——這三篇作品記錄了東坡誠懇面對生命的歷程。

進一步閱讀這三篇作品之前，我們先簡單的認識黃州赤壁。

以「赤壁」為名的地方，在湖北省境內就有四處。一在嘉魚縣東北，長江南岸，三國時周瑜破曹操、火燒曹軍船艦的著名戰役「赤壁之戰」，就是發生於此處。二在黃岡縣城外，又名「赤鼻磯」，東坡黃州時期再三來遊、寫下名篇的是這個地方。另外兩個赤壁，一在武昌西南赤磯山，一在蒲圻縣西北。

黃州赤壁兼具山水之勝，江面上風露浩然、煙波渺茫，絳赤色的崖壁在夜色中，冷峻森峭，同時展現了大自然的清遠悠然與深沉難測；再加上誤為周曹大戰地點的歷史傳說，更使這一片水聲山色迴盪著時移事往的滄桑。東坡就在其中體悟了自然的無盡無私、人事的有限渺小——〈念奴嬌〉、〈赤壁賦〉抒寫的正是東坡面對赤壁的沉思。對東坡而言，赤壁不只是一個地方、一處名勝或歷史遺跡，它更是大自然提供給他反身觀照的「鏡子」。

（二）多情的困惑——〈念奴嬌〉的悲劇意識

念奴嬌　赤壁懷古

大江東去，浪淘盡、千古風流人物。故壘西邊，人道是、三國周郎赤壁。亂石崩雲，驚濤裂岸，捲起千堆雪。江山如畫，一時多少豪傑。　遙想公瑾當年，小喬初嫁了，雄姿英發。羽扇綸巾，談笑間、檣櫓灰飛煙滅。故國神遊，多情應笑我，早生華髮。人生如夢，一尊還酹江月。

東坡作〈念奴嬌〉，以最能抒發時間感傷之情的詞體來譜寫他對照古今、由人及己的悲慨。這闋詞有雙重的對比，形成了激烈的悲劇感：先以不變的江河對照短暫的人生，遂讓人生愈加渺小與虛幻；而在雄偉的江山之前，緬懷英雄事蹟，相對之下，自己功名未就、壯志難酬的慨歎，豈不更加沉重？

「大江」，既是時間流逝的象徵，也是自然永恆的形貌。對照著個人與歷史：人歌人哭，朝代更迭，唯有江河依舊長流不息。個人之於歷史，歷史之於自然，兩兩相較，時間互有長短，境域各有大小，對比何其強烈！而當意識到這樣的對比時，個人如何從歷史的悲慨中走出，從相對的情懷中醒來，重回自然的懷抱呢？這是東坡此詞希冀達到的境界。

〈念奴嬌〉明白的強化了時空、人我、情理的對比特質，最是符合詞體抑揚跌宕的情感結構，也從而形成了既雄壯又悲慨的風格。它的主題意識仍然是時間的感傷，它的表現方式則是抒情的，不是議論的，呈現的依舊是詞獨具的情韻美感。

這闋詞從一開始就以一股鬱勃氣勢潑灑出生命無常的慨歎。大江東去，水流不斷，穿越了空間，也穿越了時間，見證了歷史的興衰成敗。「千古」以來多少「風流人物」，用心用力的在歷史的舞台上建立豐功偉業，企圖以生命的努力抗拒時間的推移，但終究敵不過歲月無情的摧殘，時間的巨浪最後還是捲走了一切——「浪淘盡、千古風流人物」——這是人類永難逃脫的可悲命運。

當時間必然帶走所有的努力成果，那麼人生何所希冀、何所寄託呢？「大江東去，浪淘盡、千古風流人物」是極為深沉的喟歎，是李澤厚所謂「人生空漠之感」。而東坡面對赤壁，既生此空漠之感，但隨後浮現在他的腦海心中的，卻是：「故壘西邊，人道是、三國周郎赤壁」——懷想周瑜，對昔往英雄事業，東坡依舊存有一份嚮往之情。

在「由古至今，英雄美人、才士智者都勢必不敵歲月無情，無數事功也都將被時間的長河沖刷殆盡」的慨歎之後，「三國周郎赤壁」一句，彷彿燈光穿越所有時空，只照射在一人身上——由千古而三國，由三國而集中於周瑜一人，則公瑾遂屹立於歷史上最閃亮的舞台中心，光彩耀目，是吸引著東坡也吸引著我們的唯一英雄人物。眼前的赤壁也不再只是一般自然風光之地，而是「三國周郎」建立偉大戰功的古戰場——赤壁之戰的「赤壁」。順著作者高昂激越的情緒，讀者似乎也被邀請，進入了時光遂道，目擊當時的戰況：「亂石崩雲，驚濤裂岸，捲起千堆雪」。以往多有人將此處之描繪視作東坡眼前所見，甚或討論黃州赤壁在元豐時是否有這番景色。事實上，這三句並非實景寫作，而是東坡以熱切的情懷擬想當日那驚天動地，如萬馬奔騰般的戰爭氣勢。「亂石崩雲」，寫磊磊岩壁高聳如欲直逼、崩毀天上的雲層；「驚濤裂岸」則是江水洶湧澎湃，毫不留情的撞擊江岸，似乎隨時都能將岩岸撞裂；這樣的衝撞，激起了一層又一層的雪白浪花，旋起旋滅，滔滔氣勢是十分驚人的。如果說人的一生終將隨時間的流水消逝，那麼，在赤壁擘畫戰局、奮起迎敵的周瑜，豈非就像不甘屈服於人類宿命，努力抗爭，遂以一場轟轟烈烈的大戰，在歷史的軌跡上刻鏤了難以磨滅的記痕？這番功業鋪天蓋地而來，順勢便把過往一些風流人物比了下去，如同長江巨浪推壓淺淺波濤，不留痕跡……

「大江東去」所代表的時間之流，是人無法改變的宿命；然而，能在時間的水勢中「捲起千堆雪」，則是英雄豪傑力挽狂瀾的奮勇表現，傳達了人類不俯首於命運、不甘於平凡寂寞的可歌可泣之心聲。

但是，對於一般平凡人而言，這兩者卻形成了雙重的壓力——我們如何能抵擋得了時光流逝？又怎能與這類傑出的英雄人物相比呢？當東坡從昂揚的歷史情懷平靜下來，對著此時此刻、靜靜呈現在眼前的「如畫江山」，這景致過去已如是，未來亦如此，但與此相對，「一時多少豪傑」，如今又在哪裡呢？東坡不知不覺的又掉入了今昔對照、物是人非的詠歎中。

如同英雄回擊命定的「浪淘盡」，東坡也不想只是困於「一時多少豪傑」的感歎之中。下片，擺落時間的局限，東坡穿越歷史的長河，再度讓周瑜躍然眼前：雄姿英發，美人相伴，三十四歲即能統領大軍，冷靜以對強敵，輕鬆自在的贏得一場重要的戰役——「談笑間、檣櫓灰飛煙滅」。東坡懷著欽羨的心情進入公瑾的英雄世界，細數佳談，娓娓道來，如晤故人。方此時，東坡情緒高揚，我們亦隨之訝然，公瑾一人幾乎匯聚了所有人生期望的美好！赤壁的熊熊火光如同他最耀眼的光彩，曹操的大軍、來勢洶洶的氣勢都在這光彩中燒成灰燼，隨煙飄散……灰飛煙滅後，江水寂寂，東坡亢奮的心情似亦轉趨黯然，淒淒寂寞之感隨即湧上心頭。公瑾何人也？我亦何人也？有為者當如是，但自己此刻又如何呢？三十四歲的周瑜統領吳國三萬水師，大破五十四歲的曹操所率領的十五萬大軍，建立了不朽的功業，而四十七歲的東坡呢？猶是待罪之身，困居黃州，任時光無情流逝，此情何堪？

從歷史的帷幕中重返現實，回過神來，東坡說：「故國神遊，多情應笑我，早生華髮。」

俞平伯《唐宋詞選釋》說：「這是倒裝句法。『多情應笑我早生華髮』，即『應笑我多情早生華髮』也。誰在笑？是自己笑，卻不曾說呆了，與上文年少周郎雄姿英發等等，雖不一定對比，亦相呼應。」

劉若愚《北宋六大家詞》則分析此段落說：「這首詞顯現了一些句法的靈活性與曖昧性。……有些注釋者願意把多情解釋作『多情的人』，作為『應笑』的主詞；這兩行就該解釋作『多情的人會笑我白髮如此早生』。作這樣解釋的注釋者，更進一步的認為這『多情的人』是詩人去世的妻子，或者也有人說是指英雄周瑜。前者的指認太牽強了，因為對詩人的去世妻子的回憶，和這首詞的主旨及風格並沒有特殊的關聯。至於後者，也似非必要，因為年輕、成功的英雄周瑜與中年受挫的詩人之間的對照至為明顯，用不著再讓英雄嘲笑詩人了。」

所以，「多情應笑我」應是東坡自笑多情。東坡意識到自己不復年少，在貶謫的歲月裡，雄心壯志亦漸消磨，與公瑾相比，判若雲泥，自己還能成就些什麼呢？「多情應笑我」正是東坡的自我解嘲——反省過去一生成敗得失最關鍵的因素，東坡捻出「多情」二字。

因為多情，便有許多眷戀與執著；因為多情，便有許多不捨與無奈；明知不可為卻為之，明知不應有卻難斷；皆因情多，難逃責任，總願承擔，弄得進也不能退也不是，左右為難中，便又生無窮困惑；有時雖悔情多，卻是難捨；如此癡執，憂愁悔恨遂終身不絕。這情，帶給東坡的，就是身心的創傷：壯志消沉、早生華髮。而在這樣的情況下，想要求取不朽的事業，想要與時間抗衡，其實都只是妄想罷了。

人力既不可為，東坡遂退回之前「大江東去，浪淘盡、千古風流人物」的宿命觀，化作「人生如夢」的論述：夢中世界，不過是相對的世界，昔日公瑾，今日東坡，或貴或賤，得意失意，真真假假，都屬虛幻；周瑜有了一場好夢，讓他功成名就，東坡則是噩夢連連，困蹇於途，但終究都在夢境之中，何曾真實存在？何來永恆不朽？又何須耿耿於懷？時移事往，興亡更迭，勝負皆如檣櫓灰飛煙滅，穿越古今，至今猶在，依然不變的唯有江水明月。面對自然的真實，我們應懷抱更加虔敬的心，「一尊還酹江月」，放開執著，忘懷得失，融入其中——宇宙有多大，心就有多寬廣，而人生於此就得到了真正的安頓。

這樣的情懷，東坡藉詞表露，無常的悲慨充滿其中。辭情抑揚起伏，看得出他的掙扎與無奈。整首詞都在傷情，雖欲調適，想要往寬處走去，想要安頓此心於自然之中，但卻又不自覺的陷落……

事實上，東坡借題興感，本來就糾結在情緒之中，而以「詞」這種抒情獨白的文體來尋求志意的開拓，較論的層面不夠深廣，情理交涉的空間有限，要將事理廓清實為不易，要能解開這些情緒的糾結也是困難的。再加上詞體韻律、字數的限制，情意往往就約束在小小的空間裡，若欲在其中梳理上述那種交纏多層次的情感思辨，自是有其難處，恐怕不免會顧此失彼。

這闋詞由自然而歷史而人物，對照生命的無常與個人失志之悲，最後想回歸現實加以紓解時，詞卻已近尾聲，篇幅已不甚足夠。最後幾句：「故國神遊」——「多情應笑我，早生華髮」——「人生如夢」——「一尊還酹江月」，意多轉折，辭氣急切，結語讀來頗感突兀，收篇顯得有點倉促。可以說：作者已知曉要從「人間如夢」的虛妄感，進入「一尊還酹江月」的境地，生命才得以安頓，但這些概念卻明白而尚未會通。換言之，東坡似已察覺一種解決之道，但猶未深加體證，使之變成生命的內涵。日後各種形式的書寫，凡牽涉到這題目、這情緒思辨的，無非就是轉換角度，尋求進一步的論證，化作真正的人生智慧，以求得內外的和諧。

（三）由思辨到體悟——前後〈赤壁賦〉的境界

透過上述〈念奴嬌〉的分析，我們看到了東坡如何藉由詞體表達其內在情懷，同時也認知到「詞」這種文體的限制。〈念奴嬌〉之後，從秋天到冬天，東坡分別在七月、十月裡寫了兩篇〈赤壁賦〉。以赤壁為題，取賦體為文，東坡所欲抒發的是什麼樣的情思？所要梳理表達的是怎樣的感懷體悟？而選擇賦體創作與選擇詞體創作，又有何分別呢？探討這些問題之前，我們要先大略的了解：作為一種文體，賦的主要特質是什麼？而宋代文賦又具備了哪些基本特色？

《文心雕龍．詮賦》說：「賦者，鋪也。鋪采摛文，體物寫志也。」這一段話簡明扼要的點出了賦體的主要特質：鋪陳。所謂鋪陳，與傳統詩歌的抒情性相比，就是多了有層次的敘述結構和空間事態的鋪衍，並以主客問答的方式來導引論述相關的課題。由秦漢迄唐的古賦、駢賦、律賦到宋代的文賦，賦的體式內容呈現了多種樣貌，一方面各體仍然同具賦的基本特質——鋪陳，但另方面，在此特質之中，卻又各自發展出相異、特殊之處。

文賦成熟於宋代，以歐陽修、蘇東坡的作品為代表，主要的特色如下：一是在句式上，宋代文賦不像之前的駢賦、律賦那樣講究屬對之精密工整，雖然也會有偶對的句式，但主要還是用散體句式來表現，參差錯落，富於變化。二是在押韻上，宋代文賦沒有嚴格的講究，只是隨著行文的需要而靈活變化。三是在用詞上，宋代文賦不像傳統賦篇那麼著意於辭藻的修飾與鋪排，它的語言比較清新流暢、平易淺近。四是在表達方式上，宋代文賦往往著重議論說理。

所以我們可以發現，相較於詞的含蓄、婉轉、抒情等特質，著重鋪陳，思辨論述的賦體，是一種比較理性的文體；而且「主客問答」的形式，更方便相對論題的開展。

東坡面對赤壁，有所感，有所思，化作筆下創作，先填詞後寫賦。在詞篇〈念奴嬌〉中，我們看到他陷入無常的悲慨，試圖梳理以求超越，然而詞的本質以及韻律、篇幅，卻明顯難以讓他更進一步的思辨體悟。〈念奴嬌〉之後，他改用賦體來處理自己的赤壁情懷，在加長的篇幅、問答的形式中，我們清楚的見到他不想深陷於情緒之中，希冀以更明白理性的態度、更長的敘述結構，轉換角度，深入的探索、紓解人生的課題——以理導情，融情入景，以臻自然，應是他為兩篇賦作所設定的寫作方針。

在相同的文體、相同的寫作方針之下，〈前赤壁賦〉與〈後赤壁賦〉同中有異，而我們更要留意的是它們的相異之處。為什麼呢？因為創作時，形式的抉擇決定於內在的情意，當形式產生異動，往往也就代表作者內在的情意有了變化。因此，一而再、再而三的梳理相關課題，後面的文章針對前面的文章做修訂，改變論述的策略，這都是由於作者意識到之前的表達形式未臻理想，且自身的生命體驗也已經有所不同，便不得不思以改變。〈前赤壁賦〉之於詞體〈念奴嬌〉的情韻，〈後赤壁賦〉之於〈前赤壁賦〉的相對情境，莫不有其針對性，也都顯示了東坡心境思維的層層轉折。

所謂體與性合，文隨情轉，是否也就意味著文學的形式體製需要切合情意變化而作調整？例如由正體改為變體，由格式的限制到格律的鬆綁，甚而接受隨意行文……若然，文體的意義便更豐富了，因為它是一個流動的概念，其正變嚴寬的樣態，與創作者寫作時的生命意態有關，而隨著其生命意境之演進變化，也會展現出不同的體貌。

東坡的赤壁文學之生命議題，關涉自然、歷史、個人等層面，以詞調〈念奴嬌〉來處理這種嚴肅且重要的課題，東坡乃以詩入詞，擴大了它的意境，表現出雄壯悲慨的風格，這是詞的變體。但它承載的容量也已達到極至，再超過一點，就會變成不合體。既然無法完全突破它的形式限制，那麼，如果要進一步探索此一課題，則轉換他體，乃必然之勢。

王水照、崔銘《智者在苦難中的超越：蘇軾傳》說：「如果說，〈前赤壁賦〉以說理為主，闡明詩人對於自然與人生的真實了悟，那麼，〈後赤壁賦〉則承續上文，以寫景敘事為主，從現實現境中將這一番真實了悟落實到行動。前後兩賦相互發明，相映生輝。」

過去和現代的學者，往往都能揭發二賦的要義，也能指出它們在內容形式上的不同。

但可惜的是未能從更完整的文體論立場，進一步說明其所以然的根由，更未嘗試貫串詞賦，辨析它們的關係並論述其演變歷程。

〈前赤壁賦〉、〈後赤壁賦〉分別作於元豐五年的七月、十月，一秋一冬，所描述的景致各具特色，意境也不盡相同。兩賦參用駢散，靈活運用了散行的氣勢，結合了詩情與哲理，寫得空靈妙遠，清新自然，為短篇文賦開創了新的道路。而兩賦所體悟的境界，隱含了一段生命演進的歷程，文風也因此展現了不同的面貌。

〈前赤壁賦〉開篇就從蘇子（東坡）與客泛舟夜遊赤壁的情景寫起：

> 壬戌之秋，七月既望，蘇子與客泛舟，游於赤壁之下。清風徐來，水波不興。舉酒屬客，誦明月之詩，歌窈窕之章。少焉，月出於東山之上，徘徊於斗牛之間。白露橫江，水光接天。縱一葦之所如，凌萬頃之茫然。浩浩乎如憑虛御風，而不知其所止，飄飄乎如遺世獨立，羽化而登仙。

清簡字句，駢散參雜，縱有偶對，亦因用字疏朗清雅，遂使整段文字彷如水墨點染，繪出秋夜水天相連的美好景色，也抒發了人在其中賞月飲酒誦詩，怡然舒暢的心情，予人如仙如幻之感。接著，「飲酒樂甚，扣舷而歌」，怡然心境隨著酒意友情漸趨上揚。直到客吹洞簫，倚歌而和，在簫聲「如怨如慕，如泣如訴」的幽然哀音之中，情緒緩緩下降，隨而引出蘇子與客關於人生意義的一段對話。

客從曹操與自己、宇宙無窮與人生須臾、現實與理想等三方面的對比，論述生命短促、人生虛渺的看法。行文至此，東坡已然扣合了赤壁的歷史意涵，藉客之口，深沉的傳達了一種古今映照、人世蒼茫的悲慨：「固一世之雄也，而今安在哉？」之前，東坡在徐州，夜宿燕子樓，也曾說：「燕子樓空，佳人何在？空鎖樓中燕。」不管英雄或美人，誰能超越時間，永遠存在？此夜此時在此地——昔日曹操「舳艫千里，旌旗蔽空，釃酒臨江，橫槊賦詩」的江面上——即景懷古，更添一份功業不遂的憾恨。英雄尚且如此，自己豈不更加微不足道……

客之悲，何嘗不是主人之痛？以短暫而渺小的生命，面對悠長而浩瀚的宇宙，應當如何自處，才能得到生命的安頓呢？東坡隨後體悟的是：

客亦知夫水與月乎？逝者如斯，而未嘗往也。盈虛者如彼，而卒莫消長也。蓋將自其變者而觀之，則天地曾不能以一瞬；自其不變者而觀之，則物與我皆無盡也。而又何羨乎？

這段議論不是抽象的概念，而是寓理於景，通過水月的真實現象來體現。由於執著於「江水不枯不竭，恆常豐沛於此；明月既圓且亮，永在天際無缺」的渴望，我們遂一味的在意「江水滔滔流逝，月有陰晴圓缺」的變化，終而受困於「天地曾不能以一瞬」的悲慨，結果卻忽略了另一真實存在眼前的現象：流過無數歲月，大江依然煙波浩淼於前；由盈而虛，由虛而盈，月亮始終不損不缺不曾真正消失——換一個角度，換一種思考模式，視野轉換了，認知也轉換了——從而我們放下執著的意念，也超越了世間事物的相對性，清清楚楚的感受到事理不變的本質。當我們局限在個體狹隘的生命視野時，看到的是人生人死、花開花落、一個個短暫的生命個體、每一分每一秒都在變動的世界；當我們不再緊緊抓住個別生命的存在與消失，而是將天地萬象看作完整的一體，於是，我們看到的就不再是一朵花開、一片葉落的個別變化，我們感受的是自然中循環不已、生死輪迴、永遠都在的生命。換言之，個別心、分別心讓我們緊盯著「曾不能以一瞬」的變化，並為之茫然為之悲；然而，一旦我們把個別心納入宇宙心，以宇宙心觀賞個別心，如同一滴水落入滔滔江水中，我們將不復見水珠蒸發，唯見江水浩浩蕩蕩之美——天地悠悠，此心亦無限，則我與天地為一，「皆無盡也」。東坡又說：

> 且夫天地之間，物各有主。苟非吾之所有，雖一毫而莫取。惟江上之清風，與山間

之明月，耳得之而為聲，目遇之而成色。取之無盡，用之不竭。是造物者之無盡藏也，而吾與子之所共適。

人世間的名位事物往往各有定分，很多東西強求不得，亦無須費心費力於此。惟有江上清風、山間明月，這些大自然的風光水色不專屬於任何人。隨時隨地，願意以耳傾聽的便享受到了風聲之悅耳；願意張開眼睛觀看的就欣賞到了景色的美好。東坡在〈書與范子豐〉（寫給范子豐的信）一文中說：「江山風月本無常主，閒者便是主人。」天地間的青山綠水、風聲月色恆常存在，不專屬於任何一人，卻永遠為每一個心靈開放；然而，困在紛擾憂懼之中的心靈往往一再錯過，惟有閒逸的心能與之相遇。當我們能夠跨越個體狹隘的生命視野，以曠達的懷抱、達觀的態度看待人生，體悟生命不變的本質時，我們也就走出了「天地曾不能以一瞬」的執迷，而能悠游於自然之中，自適於「造物者之無盡藏」，進而得到精神的真正自由。

這一番變與不變的通達之論，客人聽了之後，「喜而笑」，心中的悲慨亦隨之化解。

〈前赤壁賦〉靈活運用主客對話的方式，推進文意，將問題鋪開來論述，以理導情，見解的確精要獨到。而所謂主客對話，其實正是東坡內心情理的兩面交談——時空流轉的感傷之情一直是東坡情意世界的主要內容，以理性超曠的態度面對人生則是東坡堅守的信念——情理互動，構成了本文由「因情之樂而生悲」到「藉理之轉悲為樂」的「樂——悲——樂」的三段論述模式。

相較於詞如〈念奴嬌〉那樣的抒情獨白體，這裡選用賦的主客對話體，明顯是將自己從情緒中抽出，希望用更理性的方式來紓解這份情。〈念奴嬌〉以主觀的「我」為敘述觀點，〈前赤壁賦〉則以第三人稱的「蘇子」與「客」的對話方式進行，作者想抽離情緒，客觀面對問題的用心相當顯著。最後「蘇子」說服了「客」，清楚反映了理性主導人生的想法。

不過，主客對答的寫法，卻也使得整篇文章多是主與客、情與理、變與不變、悲與喜等概念的相互辯證，這些不也都是相對的意識？東坡〈前赤壁賦〉所體悟的人生境界，是藉由語言闡述，體會雖深刻，意境也高遠，但仍不免帶有書生議論的色彩，流於形相，好像還未到達至境。所以後人論述前後兩賦時，也多有批評：

> 〈前赤壁賦〉為禪法道理所障，如老學究著深衣，遍體是板；〈後賦〉平敘中有無限光景，至末一段，即子瞻亦不知其所以妙。（《蘇長公合作》卷一引袁宏道評）
>
> 〈前賦〉說道理，時有頭巾氣；此（指〈後賦〉）則空靈奇幻，筆筆欲仙。（同上，引李贄語）

這些看法主要僅是就內容意境上屬於「理解」或「體悟」的不同層次，來比較二賦的差異，並非著眼於文學藝術的觀點來論其優劣。同樣的，我們在此談論兩篇賦作，所關心的重點亦非其文學藝術，我們想要探索的是東坡的主體意識與擇體為文的內在關聯性。

這年十月，東坡再度偕友人同遊赤壁。這一次，我們將見到東坡獨立蒼茫，他不用言語，放棄論辯的形式，改以具體的行動體悟生命的意義。而整體事件本身也已構成了一種象徵意義，道理則自其中自然顯發。

初冬的赤壁，比起三個月前，景象蕭瑟了許多：「復遊於赤壁之下。江流有聲，斷岸千尺；山高月小，水落石出。」此情此景，相較於不久前的「清風徐來，水波不興」、「白露橫江，水光接天」，是多麼不一樣的景象！東坡不禁慨歎：「曾日月之幾何，而江山不可復識矣。」昔日美好秋夜，轉眼間，故地重來，呈現眼前的卻成了這樣淒清的景色。逝者如斯，空間的變化更凸顯了時間的推移。然則，什麼是「不變」？前一篇〈赤壁賦〉所思考、所得到的體會，此時似乎變得模糊、無法確定……

東坡此次出遊，心情原本是十分愉悅的：先是從雪堂回家的路上，感受到晴朗冬夜裡的爽颯之氣：「霜露既降，木葉盡脫，人影在地，仰見明月」，東坡和同行的兩位朋友遂「顧而樂之，行歌相答」。一時興起，東坡乃有「有客無酒，有酒無肴，月白風清，如此良夜何」的隨興感歎。沒想到，友人竟然有今日捕獲的鮮魚可為佳餚，而東坡的太太也早就藏有斗酒，是為先生的不時之需而準備——有客有酒有佳餚，其中又蘊含了友情和太太體貼的心意，這一趟赤壁重遊的源起，充滿了隨興之愉、人情之美。

沒想到，重臨赤壁，大自然呈現給東坡的卻是蕭然冷颯，三個月前那煙波浩淼、水月空靈的秋夜景象不復存在，眼前彷彿是他不曾認識的江水山色。前次秋遊，他因赤壁而起興，意念裡猶不忘史事陳跡，賦中還牽繫著古今對照、人事滄桑之感。這一回，冬夜重來，東坡則擺落人間情事紛擾，不再從歷史的維度裡面去思考生命的問題。他獨自攀援上山，兀自面對赤壁之上的自然真貌：

> 予乃攝衣而上，履巉岩，披蒙茸，踞虎豹，登虬龍，攀棲鶻之危巢，俯馮夷之幽宮。蓋二客不能從焉。劃然長嘯，草木震動，山鳴谷應，風起水湧。予亦悄然而悲，肅然而恐，凜乎其不可留也。反而登舟，放乎中流，聽其所止而休焉。

此一攀登行動，藉著強而有力的押韻短句，表現出一種克服萬難、亟欲探求生命意義的決心和毅力。當東坡獨自攀登到高峰，「劃然長嘯」，顯示自己登臨絕頂，充滿豪情壯志時，漠漠天地，霎時「草木震動，山鳴谷應，風起水湧」——自然的聲籟似乎回應了他，卻也瞬間掩蓋了他個人的聲浪。就在這一刻，東坡猛然驚悟：在遼闊的天地之間，生命何其脆弱渺小！他不禁為此悄然沉默，收斂起剛剛登臨長嘯的豪闊心境，產生了莫名的敬畏謙卑之情。於是，東坡自高峰處走下，「反（返）而登舟，放乎中流，聽其所止而休焉」。不試圖操控、尋求、論辯，放下追索、比較、執著的心，悠然於江水之上，水流推動則任由舟船隨之前進，水靜止了，舟船亦隨之安歇——不同於前面的攀岩登山，充滿了個人強烈的意志，這裡的放乎中流，所表現的是隨緣自適的精神。陶淵明詩：「縱浪大化中，不喜亦不懼。」所欲表達的精神約莫如是。

這一趟遊歷，東坡先是帶著人間溫暖的情懷（客與妻）進入赤壁冬夜的世界，後來暫離友人，獨自登山，展開一段向大自然朝覲的旅程，最後再重返人間，回到同行共歡的朋友之中，無復時間的憂慮。隨後，江水悠悠，夜色寂寂之中，「適有孤鶴」自東而來，飛過江面，掠過小舟上空，朝西而去——這正是東坡心靈自由的象徵。

不同於之前的〈念奴嬌〉、〈前赤壁賦〉，這篇賦不是結束於赤壁的山水之間，而是以歸家就寢之後的夢境作結：

夢一道士，羽衣蹁躚，過臨皋之下，揖予而言曰：「赤壁之游樂乎？」問其姓名，俯而不答。嗚呼噫嘻！我知之矣。疇昔之夜，飛鳴而過我者，非子也耶？道士顧笑，予亦驚悟。開戶視之，不見其處。

疑真疑幻間，道士一點，才了然：真正的快樂，是一種無言之樂！東坡沒有回答道士的問題，其實也不需要回答——此中有真意，欲辯已忘言——陶淵明的體悟，也是今日東坡所悟。當東坡游於自然，縱浪大化，隨緣自適，便無分別相，也就無所謂樂與不樂。而事實上，真真假假，似夢非夢，是孤鶴變成道士，還是道士化身孤鶴，又有何分別？「予亦驚悟」——東坡不獨從夢中醒來，亦從生命的辯證、事理的分別相等迷霧中醒來。打開關閉的門戶，不見道士不見鶴，只有靜默、空闊的天地……

〈後赤壁賦〉改變前一篇作品的議論方式，藉行動悟道，不落言筌。它的敘述觀點是「予」，回歸主體去領受並感悟生命的意義，而不是像前賦以第三者的角度思辨、對話，呈現「客與蘇子」、「情與理」的相對狀態。不過，因為仍是選擇賦體，所以東坡也就依然維持著此一文體的主要特色。例如，它仍採賦體的鋪陳手法，具體描述了夜遊赤壁、獨自登高、夢中夢醒的種種情事，卻又能不說理而自有理在，且如前述，整個事件其實也構成了一個象徵意義，但又難以指實。

除了賦體的鋪排方式，東坡在〈後赤壁賦〉裡，也適度保有賦體的對話形式，但一安排在首段，與客及妻共締美好人間活動的過程裡（見前引文）；另一則在末段，在夢境中東坡發問、道士不答的情節中（見前引文）。這些對話既活化了敘述，卻又不顯文辭對辯的機鋒。

此外，本文也如前賦，架構了「樂——悲——樂」情節（「仰見明月，顧而樂之，行歌相答」——「悄然而悲，肅然而恐」——「赤壁之游樂乎」），顯示一段生命歷程的進展，最後歸結為無言之樂。然而，前賦語意間處處顯露「行跡」，後賦則盡量將之去掉，因此，文辭更疏淡，散文化的詩意也更空靈，難怪有人評論它「平敘中有無限光景」。

至此，我們可以見知：賦體經過東坡的開拓，於既有的規範之中開創了新的抒寫方式與風格，呈現新的體悟和境界，已然創變為新的一體，也可以說是一種文體的解放。而這樣的解放——在既有的限制中創新變化，讓真實的感受、生命的成長自由流露——其實正是東坡內心自由的體證。

（四）東坡赤壁文學「曠」之意境的開拓歷程

談到東坡詞，許多人都會用一「曠」字論之。像王國維《人間詞話》就這樣比較蘇辛異同：「東坡之詞曠，稼軒之詞豪。」什麼是「曠」？什麼是「豪」？鄭騫先生〈漫談蘇辛異同〉有一段精彩切要的論述：

> 曠者，能擺脫之謂；豪者，能擔當之謂。能擺脫故能瀟灑，能擔當故能豪邁。這是性情襟抱上的事。……胸襟曠達的人，遇事總是從窄往寬裡想，寫起文學作品來也是如此……。與東坡相反，稼軒總是從寬往窄裡想，從寬往窄處寫。

所以，「曠」就是一種由窄往寬處去想去寫的意態。在相近的時間點，面對赤壁山水，東坡完成了三篇作品，記錄了他當下的所感所思所悟，呈現了他的心路歷程。那麼，我們正好可以藉此，由文體形式、內容意境等去嘗試了解：從〈念奴嬌〉到〈前赤壁賦〉再到〈後赤壁賦〉，東坡是如何從窄往寬去寫作，一步步接近「曠達」的境界。

〈念奴嬌〉——情

詞體：抒情獨白、格律嚴整、篇幅短小。

主詞：「我」。

〈前赤壁賦〉——理

文賦：主客對話，敘事議論形式，篇幅較長。

主詞：「蘇子」（與客）。

〈後赤壁賦〉——悟

散文賦：仍保持對話，但削弱其議論性，改為具體行動和內在體悟。

主詞：「予」（與客與道士）。

〈念奴嬌〉是詞，如前所述，詞是一種抒情獨白的文體，格律比較嚴謹，篇幅相對於賦也較為短小，宜於傳達內在的幽邈情懷。我們看到〈念奴嬌〉裡，東坡的主詞是「我」——「多情應笑我」，是「我」做為面對歷史的主體。在前面的論析裡說過，「多情應笑我」是倒裝句，是自我無奈的解嘲。「我」是被動的面對，無法伸張個人的意志，被歷史、時間的壓力壓迫著，內在真正的自由是無法伸展的。因此，〈念奴嬌〉所呈現出來的意境就有一種陷溺的、無法開拓的格局。縱然東坡最後意識到如何從個人的情懷納入歷史的思辨，而後回歸到寬闊的天地、永恆的自然之中，但文體的特質與篇幅終究限制了他……

後兩篇作品〈前赤壁賦〉、〈後赤壁賦〉，讓我們看到了藉由文體的抉擇，東坡調適自己的努力。〈前赤壁賦〉選用的是唐宋以來常見的文賦體，用主客對話的方式推進文意，兼有敘事、議論，行文能比較客觀理性，而篇幅又比詞體長了許多，使得鋪排、思辨、轉折的空間擴大。這也就看得出東坡試圖從個人的陷溺掙脫，因此改選另一種比詞理性的文體，讓自己可以更理性的思辨。〈前赤壁賦〉的主詞不再是單一的「我」，而是對話的「蘇子」與「客」。就實際的情景來說，那一夜，東坡的確是與朋友同遊赤壁，徜徉江水之上的「蘇子」與「客人」是真實存在的兩方，而他們的話題亦不免會有與赤壁史事、成敗得失相關者。但是，「客」所悲慨的內容不也是東坡長久以來思考、感歎的時間問題嗎？所以說蘇子與客的對話，何嘗不也正是東坡內在情理掙扎的反映？不過，如我們在前面所提過的，東坡藉由較理性的文體，對比立論，紓解困惑，的確有動人之處，說理也頭頭是道；然而，以精闢的辯證化解對比心帶來的生命苦惱，傳達的體悟雖深，卻終究予人明而未融、體證猶未深入內裡之感。

到了〈後赤壁賦〉，雖然依舊是文賦，但是，比起前賦，它的文筆、敘述更加散漫自然，是一篇更為散文化的文賦。文章中仍有對話，不過改用比較自然的方式流露，不再議論，也不復針鋒相對，取而代之的是一種比較客觀、溫馨的語言方式。更重要的是：文章跳脫了歷史的情懷，讓人回到自然之中，讓心靈與自然直接碰觸、默默交談，且以具體的行動、內在的體悟來成就本文的意境。文章的主詞不用「蘇子」，也不是之前的「我」，改成了「予」——一個重新界定的自己。這個「予」跟客、跟道士對話，這個「予」獨自攝衣登高、面對自然而悟道……這個「予」可以說就是更真實的內在自我的呈現。

如果說「曠」是由窄處往寬處看，那麼，綜合前面的論述，我們正好見到了東坡在這方面的努力：從〈念奴嬌〉到前後〈赤壁賦〉的空間書寫，是從個人情懷到歷史與自然的對應關係，再到自然的陳述，並且把人完全放入自然之中。個人↓歷史↓自然，這樣的變化，不就是一種由窄往寬處去看待生命的方式嗎？時間的呈現亦復如是。〈念奴嬌〉仍壓縮在個人的情懷之中，在短暫的時間裡去對照（周瑜的赤壁功業對照「我」的早生華髮、廢居黃州）；到了前後賦文裡，呈現的是自然恆久的時間，一個相對更悠久的時空氛圍。從短暫到恆久，從小小的時間點到漫漫時空、漠漠天地，也正是由窄往寬處去思索人生的態度。

再從文體來看，由格律嚴謹的抒情獨白之詞體，到以主客對話的文賦體，再到更為散文化的自然抒寫，這一過程就像從人為的格律逐步鬆綁，而心靈也隨著漸次鬆散的文體寬解——文體的解放就是生命自由的彰顯。

此外，在讀前後〈赤壁賦〉時，我們曾談到東坡的三段式論述：樂（快樂出遊）——悲（悲從中來）——樂（思辨體悟之後，重獲生命中的快樂）。而三篇作品其實也正好呈現了情、理、悟的三段歷程。再者，從「多情應笑我」出發，到客觀的第三人稱「蘇子」，然後來到了「予」，自我重新復位，把「我」彰顯出來。這何嘗不是三段論述？何嘗不也正是「見山是山、見山不是山、見山又是山」的歷程？凡此皆讓我們見到了：東坡如何一而再、再而三，誠懇的去面對自己內在最大的生命困惑，並用心的去尋思這個問題的答案。

綜合以論，東坡赤壁文學，擇詞選賦，各有成就。而選擇文體本身，實與情意相關。我們看見：東坡由詞而賦；由格律到散體；由感性抒情到理性思辨，由理念陳述到行動顯示；由個人到歷史，由歷史到自然；由言到默；由〈念奴嬌〉「人間如夢」的感歎，到〈後赤壁賦〉夢中「驚悟」後的曠達；由「大江東去，浪淘盡、千古風流人物」的時間無窮壓力的感傷，到「反而登舟，放乎中流，聽其所止而休焉」的不復時間之慮的自在……。誠然，文體陪伴東坡成長，東坡也賦予了文體更深廣的生命意義。

六、行旅的省思

——由〈定風波〉到〈定風波〉

縱然是天才，面對人生的考驗，也是嚴峻的。東坡的一生，就外在行止來看，任職京師、派駐地方、升遷貶放、南來北往，可以說是「身行萬里半天下」，人生有大半時間總在行旅中；而從他的內在心靈觀之，則他似乎也總在一程又一程的困頓迷霧之中奮力向前，自我省思，體察生命的意義。因此，閱讀東坡作品，認識東坡一生，正好讓我們看到了天才如何在人生的行旅中，迎向現實的挑戰，永不間斷的探索追尋，行於所當行，止於所不可不止，終而成就更為圓融成熟的生命意境。

當他由杭州轉赴密州任所時，旅途上寫給弟弟的〈沁園春〉說：「世路無窮，勞生有限，似此區區長鮮歡。」這樣強烈的人生局限之感，日後如何轉向〈定風波〉：「歸去，也無風雨也無晴。」的憂樂兩忘，終而尋得「此心安處」的生命歸宿？東坡一路走來，風雨晴陽之中，所感所思，給予我們許多啟發。

之前談論詞的特質時，我們已經了解到，詞的世界本是侷促幽閉的，它所呈現的時空相對狹小而短促——「寫景不出亭臺樓閣，言情不外傷春怨別」——在近乎靜止的世界中，人被動的接受命運，更感時間推移的壓力。

誠如柯慶明〈中國文學之美的價值性〉一文說：「兒女情懷始終是『詞』的基本性格，也限制它，……它所描述的自然景物雖然不見宇宙的真意或開闊雄渾的氣象，但無疑卻是掌握了園林閨閣之中，最為細膩最為幽微的季節與時刻的變化，……並且透過這種……幽微變化的知覺，反映一種閒靜幽渺的情懷，一種淡淡若有若無，似愁似夢的生命省覺……『詞』所表現的正是最為溫柔最為細膩的婉約之美。」這種美是一種陰柔的美，而陰柔中也自有一種韌性，但畢竟過於收斂曲折，氣象難免侷促。

東坡詞突破了這樣的藩籬，一步踏出，走出了閨幃世界，走向自然遼闊的天地，領受更複雜的人生際遇。在人生的旅途中，他行行重行行，每踏出一步，便拓寬了一點空間，增強了時間的體驗；而在更寬廣的時空中，思想便有了更大的伸展領域。

一旦從詞的閨幃世界中走出，也就意味著改變了幽閉的時間觀，縱身於一個開放、未知的世界。在這個嶄新的世界裡能夠繼續勇敢邁進的人，眼界始大，感慨遂深。而如果又能認真面對、勇於反省，那就更能夠洞察生命底蘊，激發智慧火光，在茫然的生涯中尋得定力與方向。

同時，詞的情調也隨之產生了變化。本來，詞普遍耽溺於哀傷情調之中，東坡卻在提筆創作、梳理內在情思的過程中，為之指出了向上一路，超越相對的悲喜情懷，開拓更高遠的人生意境。而其中的關鍵就在於，無論形體或心靈，東坡不讓自己停頓於幽閉的時空裡，他總是在行動中體察生命意義，從而發現了真理。德國的尼采說：「只有行走得來的思想才有價值。」即是此意。

以下，我們就隨著東坡走一段發現真理的歷程。

（一）在歲月變化中行走——由〈蝶戀花〉談起

明張岱《瑯嬛記》卷中引《青泥蓮花記》裡面的一段記載：「子瞻在惠州，與朝雲閒坐，時青女初至（指時令進入深秋），落木蕭蕭，淒然有悲秋之意。命朝雲把大白，唱『花褪殘紅』。朝雲歌喉將囀，淚滿衣襟。子瞻詰其故，答曰：『奴所不能歌，是「枝上柳綿吹又少，天涯何處無芳草」是也。』子瞻翻然大笑曰：『是吾正悲秋，而汝又傷春矣。』遂罷。朝雲不久抱疾而亡，子瞻終身不復聽此詞。」文中所說的詞，是這首〈蝶戀花〉：

花褪殘紅青杏小，燕子飛時，綠水人家繞。枝上柳綿吹又少，天涯何處無芳草。

牆裡鞦韆牆外道，牆外行人，牆裡佳人笑。笑漸不聞聲漸悄，多情卻被無情惱。

多數人對於這闋〈蝶戀花〉應該不感陌生。目前無法確知其寫作時間，但大約可以推斷是東坡中後期的作品，寫於旅途中。俞平伯《唐宋詞選釋》評釋說：「言春光已晚，且有思鄉之意。〈離騷〉：『何所獨無芳草兮，又何懷乎故宇。』傳作者在惠州命朝雲歌此詞。

朝雲淚滿衣襟，說：『奴所不能歌，是「枝上柳綿吹又少，天涯何處無芳草」也。』因此句觸動鄉思，故朝雲不能歌。柳綿，柳花，柳絮也。」朝雲不能歌，聽聞她所言所泣的東坡內心何嘗沒有相同的感受？

東坡詞所抒發的情，絕少狹義的男女之情。因此，在一向重視詞因歌唱特質而別具幽約細美之情思的本色派或婉約派眼中，東坡詞內質的情味意態，明顯就是有所不足，或未能曲盡其妙。所以，自宋以來，頗有不少人批評東坡詞「不及情」、「辭勝乎情」。

抒寫兒女柔情，確實不是東坡所長，然而，人世間的情感又何止一種？東坡擺脫浮豔，自創新天地，彷彿不及柔情，卻絕非無情。相反的，正因為東坡詞是他的情性的表現，他以之抒發的情懷也就有了多種樣貌。東坡詞中有兄弟之愛、夫妻之情、朋友之誼、家鄉之思、生涯之歎、山水之樂、物我之感、今昔之悲……雖偶作媚詞，卻仍維持情性之真，而不浪作淺陋鄙俗之語。可以說，當東坡填詞跨越閨帷的世界，也就擴大了詞的情感世界。那麼，面對人世間種種哀樂情事，東坡又如何看待？怎樣表達呢？翻閱東坡詞，會發現那裡面很少過度傷悲的作品，「情中有思」是其主調。也就是說，東坡詞絕少陷溺於情緒的愁苦鬱結之中，總是試圖尋找一條比較開闊的路、一抹比較明亮的色彩、一份更真實存在的情誼、一種不同角度的思考……正因為是以這樣的態度正視人間的悲喜情懷，能入其中又能出其外，於是在東坡的作品裡便自然的呈現了曠達的胸襟、高遠的意境。

這闋〈蝶戀花〉也不是寫男女纏綿情事的詞作，但藉著「佳人」笑語激發「行人」的情思起伏，卻也揭露了東坡詞的本質正是源於「多情」。「多情」的困惑，是東坡詞的主調之一。而這「多情」的意識往往由今昔對照中顯露出來。

誠如前面章節所言，詞的抒情特質，主要是以時空與人事對照為主軸，源於人間情愛之專注執著和對時光流逝的無窮感歎——這也正是這闋詞的主題。

東坡巧妙的創造了一段行旅的歷程、偶一分神帶來的煩惱，寫出詞人面對時空流轉，內心裡深沉的無奈與悵惘——

行過暮春的原野村落，爛漫春花已盡，枝頭青杏猶小，時見燕子飛過，悠悠綠水環繞著三五人家；而前些日子猶飄飛在風中的柳絮愈來愈少，柳蔭漸漸濃密，眼前天際盡是芳草萋萋，綠意盎然——詞的上片以清徐筆調寫暮春景色，一句一景，我們讀著，彷彿也和作者一起行走，空間的景色流動轉變，時間也在其中暗暗流逝。「綠水人家繞」是尋常村居景色，但因為尋常更顯得似曾相識，而那安居的況味是否也更勾動客旅之思：我不是歸人，是個過客？於是，行人的心思自然的被柳綿、芳草吸引了。漸漸吹盡的柳綿，也是逐日消逝的春光；望盡天涯無處不在的芳草，又怎能不令人想起白居易所寫的：「離離原上草，一歲一枯榮。……遠芳侵古道，晴翠接荒城。又送王孫去，萋萋滿別情。」無怪乎朝雲歌唱至此，淚滿衣襟……

「回憶」往往是詞情興發的關鍵——上片的旅途景色一路帶引行人逐漸有了流年偷換的感傷，而踏出那片郊野，路過高牆院落，忽然隔牆傳來的笑語，則讓行人停住了腳步。「牆裡鞦韆」是未染塵霜的少女世界，是青春的歡愉；「牆外道」是風霜雨陽交替的現實旅途，是追尋未知的茫然與疲憊。行人忽然停步，並非只為佳人的笑聲令人陶醉，更應該是那笑語中的單純與清朗傳入行人耳內心中，帶來「似曾相識」的感覺。不自覺的，聽者翻越了記憶的牆籬，沉醉在自己往日的類似情懷裡。「笑漸不聞聲漸悄」，牆裡的笑語逐漸遠去，人聲寂寂，聽者適才恍如重回過往時光的幻覺也消失了。牆內的佳人不知牆外有人駐足，不知自己的歡樂曾喚起偶然路過的行人一段回憶，更不知這無心的笑語讓異鄉旅人徒然悵惘，萌生「多情卻被無情惱」的感歎。這「惱」字，是被引出煩惱，被撩撥情緒，若非內心本自多情，又如何能被撥動心弦而有這闋小詞、這些愁思呢？

有情天地內，東坡隔著牆，藉著少女的笑聲喚起往日的情懷——很多詞篇都是如此：在人生的旅途中偶一停頓，稍作回顧，遂激發出今昔對照的感歎。今日，我們隔著時空閱讀東坡詞，又喚起了怎樣的情思？是否也有著「多情卻被無情惱」的感慨？

（二）從風雨中走來——由〈南歌子〉到〈寒食雨〉

在人生旅途中，沿路的風光裡，東坡最欣賞兩種景色：月夜之時、雨後放晴。他常寫雨景，除了雨景的美，他還說：「雨落詩成」——紛飛細雨、滂沱大雨……雨，似乎特別能激發他的靈感，讓他寫出美好的詩篇。不過，生命的淬煉之旅一路行來，雨所代表的往往就是更深層的象徵意義了。下文我們將談一段自風雨中走來的心情，從東坡的〈南歌子〉到〈寒食雨〉，看「烏臺詩案」前後，東坡所面對的兩種境況，兩種悲切的情懷，一種是與外界對抗的精神，一種則是悲愴絕望的心聲。

〈南歌子〉寫在「烏臺詩案」之前，是東坡從徐州赴湖州途中，遇雨而作：

帶酒衝山雨，和衣睡晚晴。不知鐘鼓報天明。夢裡栩然蝴蝶、一身輕。　老去才都盡，歸來計未成。求田問舍笑豪英。自愛湖邊沙路、免泥行。

這闋詞乍看似曠達，其實意氣未平，表現的是一種豪情。「帶酒衝山雨」，流露了與現實正面對抗的悲壯情懷——不躲雨，不悠游雨中，而是帶著酒意大步迎向雨勢，快步衝過層層雨幕，強烈的與山雨「衝撞」的態勢——這樣的姿態、心境，使得下一句的悠閒意味頓減，反而增添了一份掙扎衝突後的寂寞與疲倦。「和衣睡晚晴」，為什麼穿著溼答答的衣服就休息了呢？被雨淋溼的衣服標記著剛剛對抗山雨的過程，是否也有幾分像從戰場歸來的戰士那身盔甲，布滿刀槍劍痕、烽火塵煙，卻也同時是抗敵不屈的勇者象徵？只是，充滿戰爭記憶的盔甲和滿載雨水涼意的衣服，包裹的不也往往是疲累孤獨、渴望安寧的身體與心靈？夢境也許是最便捷的解脫。在夢裡，現實隱退，真幻模糊，彷彿也就擺脫了物我形象，不用受限於既定的形體，可以自由自在，無所羈絆的飛翔於天地之間。這裡用了莊周夢蝶的典故。但是，我們要注意的是，東坡此處的「栩然一身輕」卻先有個前提：「不知鐘鼓報天明」，必須「忘了時間」。換言之，東坡是以忘記時間、忘記現實，一種躲避的態度，來讓自己得到舒徐，還不是莊子參透虛實真幻、解放形體執著、以臻精神自由的境界。可是，他真的忘記時間了嗎？

一覺醒來之後，浮上心頭的是「老去才都盡，歸來計未成」——老的意識，進退失據、生命落空的悲痛，一一湧現，他依然困在時空流轉的現實感受裡。所以詞的下片，字裡行間充滿了悲憤之情、鬱勃之氣。所謂「求田問舍笑豪英，自愛湖邊沙路、免泥行」，都蘊含著孤絕的、與現實不諧和的情緒，是強作開脫語，並非真正的達觀。而從這裡也看出此時東坡的抉擇：我選的就是一條剛正的路，不與泥同行，不要沾黏塵埃——一種潔身自愛、絕不同流合汙的生命意識。帶著這種與雨衝突的孤絕之姿，東坡面對現實的橫逆，在逐漸醞釀的政治風暴中，「烏臺詩案」的發生，又豈是偶然？

元豐五年（一〇八二）是東坡貶居黃州的第三年。生活依然貧困，但日常起居已漸安頓，一家人相互扶持，倒也平淡溫馨。同時東坡在朋友的協助下，租得一小塊耕地，雖然貧脊，經過一番整理後，倒也可以耘田播種，多少能夠改善目前困窘的狀況。他自號「東坡居士」，又在耕地附近自建了「雪堂」。雪堂只是簡單的建築，卻讓他有一處可以閱讀、書寫、沉思、偶而招呼朋友的小空間。貶宦的現實生活條件似乎有了改善，飽經挫折、憂懼的心也正逐漸調適。沒想到老天爺的考驗尚未結束。這年春天過後，雨連綿不絕，下了將近兩個月，新播種的田地泡在水中，屋子也進水了，到處溼答答，而更溼更陰霾的是原本試圖振作的心靈……

這一次，東坡選擇了詩寫出他悲愴、絕望的心情。他作〈寒食雨〉二首：

> 自我來黃州，已過三寒食。年年欲惜春，春去不容惜。今年又苦雨，兩月秋蕭瑟。
> 臥聞海棠花，泥汙燕脂雪。暗中偷負去，夜半真有力。何殊病少年，病起頭已白。

春江欲入戶，雨勢來不已。小屋如漁舟，濛濛水雲裡。空庖煮寒菜，破灶燒溼葦。那知是寒食，但見烏銜紙。君門深九重，墳墓在萬里。也擬哭塗窮，死灰吹不起。

四十七歲的東坡，心境複雜多變。走過單純的畏罪心理，超越個人的得失禍福，他在自我默省之中，體悟過往之非，卻也重新肯定「尊主澤民」的儒家理想。然而，理想的肯定更顯現了他依然強烈的用世之心，於是，生命徒然落空的悲哀席捲而來！

這兩首寒食詩，悲愴沉痛，是生命在時間的無情壓迫下最無助的吶喊、呻吟：青春的夢想凋零如春花，青春的歲月也在不知不覺中一去不回，而貶斥閒置的生涯，求進不得，思歸難成，更將有限的年華拋向一片空白！東坡最後說：「也擬哭塗窮，死灰吹不起」——我也想效仿當年阮籍，在窮途之時痛哭流涕、盡情發洩，可是我的心已如死灰，冰冰冷冷，再也吹不起希望的火花呀！東坡的作品結語從未悲痛若此，東坡的心境也極少掉入這樣的深淵。

可是，彷彿把最底層、最晦暗的氣體吐盡，〈寒食雨〉二首之後，東坡的心境漸趨平和，面對生命無常、人生如夢的永恆課題，他就像個不願放棄、努力尋求答案的學生，一步一步走在現實的生命旅途上，在前進中思索，在古往今來的悲歡人事、自然山水與親身感受的人情溫暖中體悟。他也因此為後人留下了不朽的篇章，有詩詞，有文賦，呈現了他的多樣才性、多種情緒：對時間的敏感、生命的無奈，以及對田園生活的嚮往，伴隨著灑落悲哀的曠達。直到今日，許多中國人面對人生的風雨困頓，總會不期然的想起他在黃州時期的作品，尤其是〈寒食雨〉之後出現的，如〈定風波〉、〈念奴嬌〉、〈臨江仙〉以及前後〈赤壁賦〉。

（三）也無風雨也無晴——〈定風波〉的化解之道

將近兩個月的雨讓天常是灰濛濛的，地總是潮溼泥濘，本該繽紛的春天失去了鮮亮的色彩，原本繁忙卻充滿期待的田野耕種陷入茫然的停頓，而困居臨臯亭、哪兒都去不了的東坡更深刻感受到身體與心靈的重重拘束，似乎只能眼睜睜地任由時光推移，生命一點一滴的流逝……他一向明朗的心黯淡了，低落的情緒彷彿溼透的灰燼，不只冰冷，更飛揚不起——他在寒食節寫下的兩首詩，吐露了心靈深處最沉痛、黑暗的憂懼與悲哀。這一年，他四十七歲。

寒食在冬至之後一百零五天，這年的寒食應該是農曆三月三日。寒食後，雨腳漸收，密合的烏雲時聚時散，陽光不時也會露臉，東坡當然也不會任由自己幽閉在侷促的空間裡自怨自歎。三月七日，他與友人相約，前往沙湖看田。看田是為日後的生計著想，希望能找到便宜的田地，讓一家人真正安居，過著自耕自足的農家生活。

這次看田似乎沒有如願找到適當的農地，但偶發的情境卻讓東坡走出了前幾日的陰霾沉鬱，悟得另一層生命境界，留下了一篇不朽名作——〈定風波．三月七日，沙湖道中遇雨。雨具先去，同行皆狼狽，余獨不覺。已而遂晴。故作此詞〉：

莫聽穿林打葉聲，何妨吟嘯且徐行。竹杖芒鞋輕勝馬，誰怕，一簑煙雨任平生。料峭春風吹酒醒，微冷，山頭斜照卻相迎。回首向來蕭瑟處，歸去，也無風雨也無晴。

前往沙湖是為了看田，看田則是為了安頓一家人未來的生活，我們可以由此見識到東坡面對現實的勇氣、不輕易萎頓放棄的精神。從三月三日到七日，短短數日，隨著漸漸轉變的天氣，東坡也一步步的梳理了自己的情緒——打開門，一步跨出，路綿延向前，何必途窮之歎呢？

詞序說「雨具先去」，或許出門時有雨，或者仍然擔心天氣陰晴未定，因此大家都帶了雨具，但顯然這日天氣不錯，要自沙湖回家時，為了輕鬆方便、多走些路賞景聊天，就放心的讓僕人先帶著雨具回去。哪料到雨具走了，雨卻來了！突來的這陣雨令走在山徑間的一群人措手不及，無處躲雨——「同行皆狼狽」，東坡如是說。狼狽，是形容在風雨中左閃右閃、快步向前、時或腳下打滑卻依舊難免被雨淋溼的身軀舉止，以及不免幾分懊惱的神情，這是我們熟悉的經驗。可東坡接著說：「余獨不覺」，他似乎不以為意，不覺得該想辦法躲躲雨，因此也就沒有「狼狽」的心情了。更何況「已而遂晴」，風雨不過一時，轉眼間也就放晴了。東坡在詞序裡說得很明白，是因為這一日常的遭遇：出乎意料的遇雨、不久放晴——「故作此詞」。

從生活中片刻的遭遇，東坡領悟的卻是更為深廣的人生意義。而他選擇詞牌〈定風波〉來抒寫這件事、這些體悟，應該也不免有著藉以「平定人生風波橫逆」的期待。

劉永濟《唐五代兩宋詞簡析》評析此詞說：「東坡時在黃州，此詞乃寫途中遇雨之事。中途遇雨，事極尋常，東坡卻能於此尋常事故中寫出其平生學養。上半闋可見作者修養有素，履險如夷，不為憂患所搖動之精神。下半闋則顯示其對於人生經驗之深刻體會，而表現出憂、樂兩忘之胸懷。蓋有學養之人，隨時隨地，皆能表現其精神。」劉永濟這段話適切的表達出東坡將遇雨的生活經驗轉化為生命體悟的精神，同時，也清楚的點出了在這闋詞裡面，東坡所面對的、有所感悟的是兩種情境：突來的風雨、風雨後的晴陽，而他最後所要超越的正是憂（風雨）、樂（晴陽）兩境。

意外遇雨是在歸家的山路上，沒有雨具而行路仍長，於是那穿過樹林打在葉片上的雨滴，聲聲入耳，敲擊著行人不安的心靈：雨愈來愈大了，甚麼時候才停呢？我們一身溼透怎麼辦？哪裡能夠避避雨？「莫聽穿林打葉聲」——東坡說：那就別再憂心雨聲的大小吧！既然已在雨中，又在林間山路，避雨無望，疾行只恐路滑摔跤，何不放鬆心情，以雨聲為節拍，輕吟長嘯慢慢走呢？何況此刻，少了笨重的雨具，我們一身輕便，手中有竹杖可倚恃，腳下有草鞋可踩踏，怡然自如，豈不是比騎馬還來得輕快舒適嗎？如果「雨」是追求理想的旅程中難免遭逢的橫逆，是個人與現實之間必然存在的矛盾衝突，那麼，何不坦然自在的迎向那迷濛煙雲、瀟瀟風雨？當雨聲不再是帶來困擾的噪音，泥濘不再妨礙前行的腳步，不測風雲的意外也不再能侵蝕內心的悠然自得時，人生縱使常在煙雨中，又有什麼好害怕的呢？

更何況大自然的晴雨更迭，生命的順境逆境也常交替。轉眼間，雨停了，向晚的春風吹著淋溼的衣衫，也吹醒了午間小酌殘留的幾分酒意。「微冷」，是身體的感覺，也是經歷了現實挫敗，並自其中有所醒悟之後，內在清冷寂寞的心情。然而微冷的身體卻也更敏銳的感受雨後晴陽的溫暖——「山頭斜照卻相迎」，柔和溫煦的夕陽餘暉安撫了風雨中走來的行人，如同人間不離不棄的情誼永遠是我們困頓苦難時溫暖的依靠，也是我們前瞻未來時希望的寄託。

此際回顧所來徑，風雨已逝，正如昔日的憂懼悲憤也成過往，縱使偶然回首，卻也無須自困其中。轉身離去，歸途尚遠，而人生未竟之志仍待完成。「也無風雨也無晴」——既寫雨停之後夜幕降臨，這一日的晴雨也隨暮色渺然無痕，同時也以象徵的手法傳遞了另種思考：我們必須超越的不只是人生的逆境，也應包括平順的境遇——風雨是逆境，我們為之憂懼；晴陽是順境，我們為之歡喜；殊不知順逆無端，雨晴不定，事後回顧，當時的悲喜其實都是一樣的蒼茫模糊……

多年前，比現在年輕些的東坡會「帶酒衝山雨」。當時，雨是現實的魔障，是阻礙追求理想的橫逆，「帶酒衝山雨」是與現實正面衝突的悲壯情懷！現在，四十七歲的東坡，自「烏臺詩案」的死亡威脅脫身，以罪官身分廢居黃州，既無職權又不能辭官，勉強靠著微薄薪水外帶耕種幾分薄田，拮据度日。這樣的橫逆困境，讓他真實的了解到執著理想的代價，也在此寂寞歲月的自省中，他重新肯定了自己的抉擇，並在現實與理想的衝突之間、人生禍福無常的變化裡，淬煉出自信與曠達的體悟。藉由〈定風波〉，東坡帶領我們穿越晴雨，跨過悲喜，進而體悟得失寵辱亦是外在的風雨晴陽，當我們能夠不縈於懷，坦然面對，我們的心也就得到了真正的自由。

（四）此心安處是吾鄉——〈定風波〉的又一新境

「也無風雨也無晴」是東坡經歷生命風雨後的深刻體悟，也是他嚮往的人生意境，但知易行難，這樣了然無罣礙的境界並非一蹴即就。從途中遇雨的〈定風波〉到多年後為王定國、柔奴而寫的另一首〈定風波〉，東坡一路行來，於尋常生活、鄉間野趣、新舊情誼之中，深化了自我的省思。下面我們就以他元豐五年、六年、七年到八年之後的作品為例，來了解東坡在日常行旅中的體悟，看看他如何尋得「此心安處是吾鄉」的生命歸宿。

浣溪沙 游蘄水清泉寺。寺臨蘭溪，溪水西流。

山下蘭芽短浸溪，松間沙路淨無泥。蕭蕭暮雨子規啼。
誰道人生無再少，門前流水尚能西。休將白髮唱黃雞。

這闋詞與前首〈定風波〉的寫作時間很接近，都是寫於元豐五年三月。蘄水在黃州黃岡縣的東邊。東坡在〈游沙湖〉一文中也曾提到相關的事情：「黃州東南三十里為沙湖，亦名螺獅店，余買田其間，因往相田得疾。聞麻橋人龐安常（名安時）善醫而聾，遂往求療。……疾愈，與之同游清泉寺。寺在蘄水郭門外二里許，有王逸少洗筆泉，水極甘。下臨蘭溪，溪水西流。余作歌云云（詞略）。是日，劇談而歸。」東坡因病求診，病好了之後，也和醫生龐安常成為朋友。他就在這種身心皆相對舒朗愉悅許多的情況下，隨著龐氏等人暢遊清泉寺。相傳王羲之曾在清泉寺練書法，寺旁有一清泉，是他洗筆之處。這道洗筆泉清冽甘甜，遊人至此，往往會取水飲用，東坡也興致盎然的喝了，且頗覺甘美。就是在如此輕鬆的氛圍裡，他寫下了這闋〈浣溪沙〉。

詞的上片由三個意象（三個景色）組成：「山下蘭芽短浸溪」，於溪水間就能看見剛發芽的蘭草——這讓我們看見了溪水之清澈，也點出了詞序所言「寺臨蘭溪」之意。「松間沙路淨無泥」，寫散步松間小路，塵泥不沾，予人清新乾淨之感——之前東坡寫〈南歌子〉曾說：「自愛湖邊沙路、免泥行」，乾乾淨淨的路，不惹塵埃半點侵的世界，是東坡自重自愛的精神表徵。行經清澈的蘭溪畔，再走過乾爽的松間小徑，空間一步一步的展開，時間也一點一滴的向前推移。第三句的「蕭蕭暮雨子規啼」，前面的清爽疏朗被蕭蕭暮雨取代了，而時間也不知不覺的來到傍晚時分，又是一日將盡；此時耳際響起的是陣陣的杜鵑啼聲，杜鵑啼便是暮春時節，春天也到了尾聲——時間推移的感傷就在這句景色的書寫中，自然而然的被引撥出來……

詞的下片，東坡藉由理趣的書寫來面對時間推移的無奈，作意全在「溪水西流」這一「反常」的現象。

誰說人老了不能重返少年？你看門前溪水不就能夠倒流向西嗎？（按：中國河流多自西向東流入大海，而蘭溪卻自東向西流入江中，對古人而言，就成了少見、反常的現象。）人生諸多可能，本無必然如何，因此，就不要徒然感歎歲月流逝，自傷衰老。「休將白髮唱黃雞」，語本白居易〈醉歌示妓人商玲瓏〉：「誰道使君不解歌，聽唱黃雞與白日。」古人慣用「白髮」、「黃雞」形容歲月匆促、光景催年、人生易老。年輕時雞鳴覺起、聞雞起舞，一日之始總是充滿活力、新希望；但是，隨著年紀大了、老了，每一天每一天的雞鳴就逐漸轉變成時間的壓力，帶來歲月不居的的感傷。東坡在這裡說「休將」，是用否定語來反用詩意，勸人不要因為年老而唱起那種黃雞催曉、朱顏易老的悲傷消極的曲調，亦即不要讓自己沉溺於衰老的情緒之中。這就如同我們習以溪水東流入海為常態，但蘭溪卻由東往西流，正好相反，打破了常態，正顯示事物未必有固定必然之態，而生命的發展又何嘗不會發生反常的現象？當然，東坡並非認為人可能返老還童，他由此體悟到的是：老與不老其實只是一種心境，如果人生有各種可能的變異，我們又何必以「必然如何」自限，讓自己耽溺於一種現象、一種情緒呢？因此，面對歲月飄逝，其實也毋須過度傷感。

張淑香〈日常生活中的靈視──淺談東坡詞中的一種經驗結構〉說：「靈視詩學強調

取材於一般日常生活的小事件或情況，使尋常生活經驗搖身一變顯現為發光的靈視，這種轉化的力量，是靈視詩學的核心，強調是來自詩人心智的內在之光。東坡詞充滿了濃厚的生活氣息與日常生活的記錄，成為自我書寫的寫照。其中有些作品，在日常化與平易疏放之中，更時時顯現高曠的靈視妙悟。衝破塵雜的縈繞，登高望遠，精神高翔在另外一度超越的空間。」

一般人過生活，往往容易糾纏在生活事況之中，而東坡藉著自己的聰明才智與性情襟抱，總是試圖從這些浮生日常中去思索、分析、紓解，從而也就使自己能有較為寬闊的視野，達到更高遠的精神層面。

然而，能從尋常的生活裡感悟高妙的生命理趣，不只需要「詩人心智的內在之光」，更需要詩人有一份閒散的心——心情放鬆了，感官就會更加敏銳，敏銳的聽覺、視覺、嗅覺、觸覺……開啟了靈動的心智，於是，詩人才能夠從繁雜之中提煉出某種生命智慧，顯現「靈視妙悟」——相田、醫病、病癒、和朋友出遊，東坡在這一年的暮春，從現實平凡的生活裡，一步一步的放鬆了緊繃的心弦，一點一滴的重新感受生命的滋味與色彩。

不過，春天過去，夏日漸遠，秋風乍起，東坡仍不免時間的感傷。他寫〈洞仙歌〉、〈念奴嬌〉等，無非也是試圖梳理這些時空流轉的傷悲，想從變化之中尋找一種不變的定理來安頓自我的生命。元豐五年的初冬，寫完〈後赤壁賦〉之後，東坡豁然開朗，體悟了

「隨緣自適」的安然，從而也就能夠在這貶謫生活中感受閒情雅致，從閒心裡去映照生命的自然喜樂。元豐六年以後，東坡寫行旅中的一種體悟，就呈現了與過去不一樣的另種風貌。

鷓鴣天

林斷山明竹隱牆，亂蟬衰草小池塘。翻空白鳥時時見，照水紅蕖細細香。 村舍外，古城旁，杖藜徐步轉斜陽。殷勤昨夜三更雨，又得浮生一日涼。

東坡詞以田園景色為主的作品，最早出現在徐州，五首〈浣溪沙〉主要是客觀的描寫。後來到了湖州，也有幾首作品，如〈南歌子〉兩首，就開始主觀流露個人的情思。然而，就其意境言，皆是表面舒徐，內則蘊含與世相仵的孤寂之感。真正能表現閒適之情的田園作品，是要到黃州時期，尤其是元豐五年以後才會出現。

這首〈鷓鴣天〉的上片全是寫景，用的是清麗舒徐的文筆。「林斷」是指樹林到了盡頭，王維詩說：「行到水窮處，坐看雲起時」，現在東坡行到林斷處，呈現在眼前的是什麼呢？林木濃蔭消失了，映入眼中的是遠方明朗翠亮的山巒，是修竹隱約遮掩的圍牆人家——在這短短一句中，我們隨東坡緩步行走，一景結束一景出現，無林則見山，見山而後又見房舍，終而駐足在「亂蟬衰草小池塘」。「亂」、「衰」、「小」的形容，呈現了一處尋常的鄉野景色，蟬聲不免雜亂、不悅耳，草色也難免間雜枯萎衰敗者，而小小池塘更是難比水光瀲灩的西湖，這只是荒郊裡隨意可見、因著季節天候自然呈現的素樸景觀。然而，接下來，東坡卻以少見的細筆寫了一對很美的句子：「翻空白鳥時時見，照水紅蕖細細香」。彷彿魔法棒一揮，平凡的景色便添附了一層明亮動人的光彩，而東坡的魔法棒正是他閒適的心情。因為當心情閒適了，放鬆了的心就同時打開了眼耳口鼻等感官，明亮的眼看見了自在飛翔的白鳥，也看見與水相映的紅荷，更聞到了自水面風中隱隱飄來的細細花香——東坡曾說：「江山風月本無常主，閒者便是主人」，唯有閒心，我們才能真正的感受到大自然中和諧、美好的一切，也因此才能於平凡的人生、尋常的事物裡見識到、體悟到那本來就存在的喜悅。

下片三句，一氣貫串，卻又有時間空間的轉折。前面我曾說，東坡不是一味待在屋子裡思考生命，他是在行動中去觀看、去體察，進而認知生命的意義。這闋詞正是他的散步文學、散步哲思。從村舍外到古城旁，寫杖藜徐步的空間，而「轉斜陽」一詞則靈妙的點出了杖藜徐步的時間之長，是不知不覺、悠然閒逸的就到了夕陽西下時分。時間流動著，空間變化著，而東坡沒有特別的留連，沒有多餘的惋惜慨歎，他慢慢走著，一路前行……

結筆時，東坡回顧這趟杖藜徐步的心情：「浮生一日涼」。這一天，清涼天氣讓他得以舒舒服服的隨興散步，入眼皆是好風景。而有趣的是，這「一日涼」的成因，細思量，竟是由於「殷勤昨夜三更雨」。想想看，說不定昨夜三更的雨聲曾經擾亂了東坡的睡眠，驚醒他，也令他難已再入眠；但是，卻沒想到第二天竟然放晴了，於是，前一夜的雨反倒是梳洗了大地，也帶來了清新涼爽的一日！然則，東坡此時享有的閒情，又何嘗不是因為現實上的失意而得來的呢？若非「烏臺詩案」，東坡就不會從繁忙的政務中抽身，過著與鄉野自然接近的日子；若非「烏臺詩案」，東坡就不會有這麼多時間和家人安和度日。所以，很多時候，我們當下怨歎、驚恐、煩憂的種種，一旦事過境遷，回頭再看，卻反而會發現自己在其中別有所得、另有收穫，此時，我們不禁也要感激那些災難、那些挫敗與失意——殷勤昨夜三更雨，又得浮生一日涼——許久之後，曾經有人問東坡：對新法那些人是否有恨？東坡自言心中無恨。惟有將自己從「恨」的禁錮中釋放出來，人才能有所成長，從而會感激那些不堪的際遇讓自己的生命到達了另一個意境。我相信正是因為「心中無恨」，東坡日後才能安然度過更艱辛的貶放海南島的歲月。

這闋詞寫於元豐六年，雖然只是小令，卻清麗舒徐，頗能呈現東坡黃州後期日趨淡遠的心境。當然，閒情、淡遠的心境都不是驟然可得，而縱使體悟到了，心情依然難免起落。元豐六年東坡填了這闋〈鷓鴣天〉，秋冬之間，他還寫了與閒情有關的著名小品〈承天寺夜游〉。但同一年東坡也寫了另一闋「臨江仙」，呈現的又是別樣心境，在後面的章節裡，我將會另做解析。

元豐七年，東坡四十九歲，已在黃州度過了四年多的貶謫生活。這年春天，他奉調汝州（河南臨汝）團練副使。這樣的調動往往代表朝廷有意減輕對他的責罰，甚至可能是重新起用的象徵。四月，東坡帶著家人離開黃州。由於不需立刻趕赴任所，他們一家人就順長江而行，沿路遊覽山水、探訪朋友。十二月來到了泗洲（在安徽）。十二月二十四日，劉倩叔邀約東坡同遊當地名勝南山（都梁山），喝茶食野菜，閒話家常，東坡因此寫了下面這首〈浣溪沙．元豐七年十二月二十四日，從泗州劉倩叔游南山〉：

細雨斜風作小寒，淡煙疏柳媚晴灘。入淮清洛漸漫漫。　雪沫乳花浮午盞，蓼茸蒿筍試春盤。人間有味是清歡。

上片描寫郊野所見的景致。十二月底，已近春節，斜風細雨中，天氣依然寒冷。但不久後，雨停了，天轉晴，淡淡的煙霧，稀疏的柳條，歲暮陽光下的河灘顯得嫵媚動人。遠處，洛水流入淮河，水面因而更加遼闊，水流也愈趨平緩。如果說景色的描寫往往也是心境的投影，那麼，這三句一方面寫「從細雨到放晴」的景，一方面也從眼前的、小小的河灘的景往前推到遠處更遼闊平緩的水面，顯現的正是一種往寬處去的心境。看得出東坡走過黃州歲月，逐步走出生命的陰霾，透過心靈，他所看到的、感受到的將是更寬廣的天地。

寬廣的天地間更值得珍惜的是生活的情趣、人間的情誼。詞的下片寫的是他和劉倩叔一起喝茶、食野菜的生活趣味。茶，是上好的花乳，茶湯上浮著一層雪白的泡沫，兼有視覺之美。而菜呢？因為猶在隆冬，也就沒有太多特別的、鮮美的好菜，但劉倩叔還是用心的準備了應時的野菜：蓼菜的嫩葉和蒿菜的嫩莖，新鮮清淡，正是初春的滋味。不過，最重要的當然不是這些口腹的享受，最令人珍惜的是老朋友一起閒話家常。劉倩叔必然想到：一年將盡，東坡一家卻猶在旅途上，不可能好好的過年，也不可能留下來和他們一起過完年再離開，因此，他特意準備這象徵春天的野菜，何嘗不是有著提前賀節之意？而度過黃州清苦的歲月，東坡此刻能夠如尋常人家平平凡凡的吃著這象徵春節的盤菜，怎能不特別的感受到其中的溫馨情誼呢？

這裡東坡用了一個詞彙：「清歡」——人間有味是清歡。清歡，指的是一種心靈上，沒有利害煩擾，很閒適的歡愉，東坡認為這是人間最有情味的感受。唐代馮贄《雲仙雜記》：「陶淵明得太守送酒，多以舂秫水雜投之，曰：少延清歡數日。」陶淵明過著清苦的日子，卻頗能享受生活中的清歡滋味。太守送他一些酒，他就先加「舂秫水」進去，稀釋了酒，也使酒變多了，悠閒淺酌的日子就多出了幾天，清簡歡愉的生活趣味也能延續得更長一些……這就是「清歡」，平凡簡單，蘊含著人與人之間、人與萬事萬物之間最單純的情味。

下片這三句寫得自然、親切，兼具了視覺、味覺與心靈的感覺，全由生活而來，不刻意為文，卻自有一種美好的趣味。

我們可以看到，元豐七年，東坡的文字已經相當平淡自然，心境也顯得寬愉疏朗。而他的仕途生涯也開始有了新的轉折。貶謫生活結束，他離開黃州赴汝州路途上，來往於江淮之間，向朝廷乞求定居常州，希望歸耕於此。但是，朝廷大局改變，元豐八年冬天，他先是派任登州，沒幾天，就被召回京師，此後三年多，官至翰林大學士，實際參與了國家要政，可以說是其政治生涯的高峰。而隨著他獲赦回京，當日那些受到「烏臺詩案」牽連而被貶放的朋友，也都紛紛得到赦免，陸續調回汴京。好友多年不見，際遇各有不同，能在京師重逢，自然有許多感慨。下面我們就來看看他與好友王定國再相聚而寫下的詞篇〈定風波〉。之前我曾提過，東坡用〈定風波〉詞牌是有意取「平定風波」之意，但這一次他要寫的不是自己如何平定人生的波瀾，他寫的是一位女孩如何平定人生的波瀾，以及那樣的態度所給予他的啟發。

定風波 王定國歌兒曰柔奴，姓宇文氏，眉目娟麗，善應對，家世住京師。定國南遷歸，余問柔，廣南風土應是不好？柔對曰：此心安處便是吾鄉。因為綴詞云。

常羨人間琢玉郎，天應乞與點酥娘。自作清歌傳皓齒，風起，雪飛炎海變清涼。
萬里歸來年愈少，微笑，笑時猶帶嶺梅香。試問嶺南應不好，卻道，此心安處是吾鄉。

王鞏字定國，家世甚好，是官宦子弟，從東坡學文，兩人私交甚篤。「烏臺詩案」發生，他因收受東坡詩而遭牽連，獲罪貶放賓州監鹽酒稅。賓州位於現在的廣西，為嶺南地區，比黃州更僻遠荒涼，生活也更艱苦，對富貴出身的王鞏而言，應是極艱難的挑戰。王鞏離京赴嶺南時，家中的歌女柔奴自願隨行。三年之後，王鞏北歸，與東坡再度把酒言歡，相聚於酒筵之上。筵席上，王鞏喚出柔奴為東坡勸酒。東坡記得這位宇文姑娘靈巧善應對，便試著問她：「廣南風土應該不好吧？」意指在那邊的物資缺乏，生活應該不好過。這問題並無哀歎之意，倒有幾分「想考考柔奴，看看她會如何回應」的興味。沒想到，柔奴回答得雲淡風清：「此心安處便是吾鄉。」簡簡單單的答案卻充滿了令人動容的智慧。東坡感動之餘，特意寫了這闋詞稱頌她。

「琢玉郎」是指王定國，說他是如同上天以美玉雕琢而成的美男子；「點酥娘」則是指柔奴，說她的肌膚柔滑嫩白有如凝酥一般；俊男配美女，正是老天爺有意的安排。而這位美女不只有嬌嫩的外貌，更是歌聲動聽的歌女：「自作清歌傳皓齒，風起，雪飛炎海變清涼。」柔奴的歌聲有多美呢？當她輕啟朱唇，明亮美麗的歌聲響起，彷彿清風吹來，雪花飄飛，炎熱的地方轉眼也變得無比清涼！這段文字既生動的寫出了一對令人羨慕的儷人，也點明了柔奴的身分，讚美了她的歌聲。同時，這裡面還帶有幾分對王鞏的調侃，是屬於好友之間特有的幽默笑謔：有這樣一位歌女陪伴你，縱然是身處嶺南，炎熱也能化成清爽，艱苦的生活裡也仍有不錯的興味啊！

下片則寫走過賓州困苦歲月歸來的這對佳人，更有令人讚歎之處：「萬里歸來年愈少」。東坡在〈與王定國書〉一文也曾寫道：「君實（司馬光）嘗云：王定國瘴煙窟裡五年，面如紅玉。」黃州五年，東坡不免自歎衰老，努力的在時光流逝的憂懼中自我調適、尋思化解。可是看看王鞏、柔奴，他們在那人人認為是瘴癘地的嶺南生活多年，不但不顯老態，反而還愈發年輕！而眼前的柔奴，微微的笑著，清雅的笑容裡彷彿飄散著嶺南梅花的香氣。柔奴放棄了京師裡熟識的、比較舒服的環境，自願陪伴王鞏去南方過貶放生活，不辭辛勞也無怨歎，這樣的精神何嘗不是與梅花相似？梅花於酷寒中綻放，百花凋零而它獨傲於枝柯，因此由來被視作士人高潔品行的象徵。東坡說柔奴的笑容散發著南方梅花的香氣，也就是以梅花來比擬這位歌女，讚美她如花的容顏與不遜於士人的高雅品格。那麼，這樣一位女子如何看待那段貶謫的歲月呢？酒筵之上，東坡輕鬆提問，柔奴簡單的回應卻出乎他的意料：此心安處是吾鄉——京師繁華處也罷，賓州瘴癘地也罷，只要一顆心安定了、坦然了，便能歡歡喜喜過日子，便能感受周遭的溫暖美好，那麼任何地方也就都能成為安居的家——東坡之前寫〈定風波〉，經過多少思索，而後體悟到「也無風雨也無晴」；而眼前這位小女子不需要那麼多的學問、那麼多的反省思考，就只是一往情深，憑著內心的愛選擇自己的方向，然後毫不猶疑地向前走去，心安理得，何處不是家？我相信，這樣簡單的答案、純淨的心情，必然令東坡產生極深的感慨，也使他不由得不讚歎眼前這女子，無怨無悔，勇於選擇，單純的心反而自然的達到了東坡還無法真正企及的生命境界。

「此心安處是吾鄉」，定靜安閒的心是自由的心，屬於自由的靈魂，無處不可適，無處不悠然，事事皆可觀，物物皆可親。若然，則現實裡的風波將不復帶給心靈洶湧的波濤與驚懼，天涯海角，遼闊的天地間皆是自己生命依歸之處——這闋〈定風波〉是對柔奴的讚賞，而「此心安處是吾鄉」正是東坡一生追求的生命歸宿。

七、詠物與抒情

在物我交感中體證詞情的深度

詠物是六朝以來，常見的文學題材，蔚為大宗。東坡詞裡的純粹詠物之作並不多，但偶一為之，卻相當精彩。在這一講，我們將透過他的詠物作品，看看他如何藉物言情，塑造新的抒情美感。而要了解東坡的創新處，我們得先認識中國文學裡的詠物傳統，以及詞體用來詠物時的表現特色。

詠物的準則有三：（一）刻畫物態、（二）體物得神、（三）物我交融。

既是詠物，當然就是要以某件物品作為描寫的主要對象，所以就必須以「物」命題。而既然是在描寫物品，自然就要具體寫出物的形狀姿態，也就是要能「寫貌工細」，將物的形象寫得活靈活現，讓人如目親睹。但只是這樣，所達到的就不過是「形似」而已，從文學創作的標準來論，其格不高，絕非佳作。所以「寫貌工細」之外，更進一層，還需要「體物得神」，把「物」內在的神氣生動的呈現出來。「神」，指的是某物的特殊質性所顯現的生命精神。譬如松柏有剛強的特殊質性，由此而顯松柏的精神，所謂「歲寒而後知松柏之後凋」即為此意。所以，一首好的詠物詩詞，就是要能寫出那物件的生命精神來，此之謂「神似」。但此時這樣的指物，物還是物，我還是我，不算最上乘；最上乘之作，必須主客合一，寫物即是寫我，作者的生命精神、性情意志全在其中，達到物我交融的狀態。因此，作家融入自己的精神寫物，物態與人情合為一體，於是，此「物」就不僅僅是一個意象，它也成為一種象徵，具現了作者的生命意境，如「菊」之於陶淵明、「蓮」之於周敦頤。

那麼，詞這種特殊的文體，它通過詠物如何塑造一種寓託的精神呢？我們之前一再提到詞的特質是要眇宜修，字句隨音樂節奏而有長短錯綜之變化，所以長於言情；再者，詞的內容以兒女物事為主，自然形成一種富於女性美的纖柔細緻的特質，比詩更能表達曲折委婉的情意。詞的這種特殊之美，很適合表達作者心靈中一種深隱幽微的品質，同時也易於引起讀者心靈中深隱幽微的感發和聯想。在傳統詩歌的各種題材中，詠物與閨情（譬如「香草美人」意象）通常都被視作比體，可寓託深蘊的情志，而詞正好以這類題材為大宗，因此，文人在創作時，自然而然就容易沿用詩的比興手法來寄託詞情。

從詞史的發展來看，詠物詞特盛於南宋，且多寓有作者身世之感。劉永濟《微睇室說詞》：「南宋詞人極喜作詠物詞，大都託物言情之筆，情在言外。後來王沂孫尤稱能手。至其所託之情，不脫作者所遇之世與其個人遭際之事，交相組織，古人所謂身世之感也。」南宋詞家擅長調、好詠物，長調講求鋪敘設色，脈絡貫串，故宜於使事用典，寫物以言情。這些詞體特色，配合上詞人所處的時局，確實是更容易使人有託喻的聯想。不過，詠物詞固然有喻託的可能性，但也不能說所有這類作品都必然有寄託的用意在。一般來說，詠物詞一則要體狀物態，刻畫妥貼，講求字面的工麗；一則也被要求感物言志，借物抒懷，寄寓深刻的意旨。而詠物一體的敘寫，可以明顯是以主觀情意為主導，藉物體之描摹以呈現主題的一種創作方式，也可以是純粹客觀的描述，著重設色與鋪敘，講究筆法細膩；簡言之，前者入乎其內，為「比」法，後者出乎其外，為「賦」法。當然，也有介乎二者之間的一種寫法：物態人情，若有若無，不容易界分究竟是單純的寫物，或是有確切的主觀情懷。除了創作方式有走向「隱語」或「鋪陳」的基本特色外，對於詠物之作的情意內容的了解，還須顧及作者本身的創作動機、寫作環境，因為，為自己寫作抑或是為他人而作，就會影響到作品的內容是偏於喻託、社交或是重在遣翫性質等等。

東坡詞中，純粹的詠物之作並不多，但有限的作品裡卻不乏精采詞篇。而東坡「以詩為詞」，用詩的比興手法賦詞詠物，無疑的也拓寬了詞的內容，提升了詞的意境。像〈卜算子〉詠孤鴻、〈水龍吟〉詠楊花、〈賀新郎〉詠石榴等篇，物事人情，若即若離，創立了新的抒情美典，影響深遠。南宋詞託物言情的手法，可以說正是導源於東坡的詠物詞。

有了上述的認知，接著，我們就能進一步賞讀東坡的詠物詞，看看他如何在傳統詠物中呈現出不同的樣貌。

（一）託物以寄意——談〈卜算子〉

卜算子　黃州定慧院寓居作

缺月掛疏桐，漏斷人初靜。誰見幽人獨往來，縹渺孤鴻影。　驚起卻回頭，有恨無人省。揀盡寒枝不肯棲，寂寞沙洲冷。

元豐三年（一〇八〇）二月一日，因「烏臺詩案」獲罪責貶黃州團練副使的東坡來到黃州，最初尚無可供定居的房舍，所以他只好先暫居定慧院（在黃州城東南清淮門外），五月家人來到，才遷居臨皋亭（在黃州城南長江邊）。此詞的詞題說是「黃州定慧院寓居作」，因此，一般認為應該是寫於這一年初抵黃州，二月至五月間。

東坡初到黃州，心情極為沉鬱悲痛。剛脫離牢獄之災，餘悸猶存，而士大夫淑世濟民的理想落空，又要面對從未有過的貶謫生活，身心備感煎熬，這是十分嚴厲的考驗。此時，他的身邊只有長子蘇邁陪伴，其餘家人尚未到達，父子倆暫時借住在僧舍，其內心的惶惶不安可想而知。〈卜算子〉一詞所寫的就是這種挫折後的驚悸、憂憤與強烈無悔的情緒。

這闋詞的詞題交代了寫作的地點，作品本身則運用象徵的、比喻的手法，來抒發此時的心境。和東坡其他詞作不同的是，詞題跟內容沒有太明白的關係。顯見東坡此作並非實寫寓居定慧院的狀況，而是以一種比況的手法，寫出一種象徵的心情。

首二句寫眼前景：一彎殘缺的月亮掛在葉子稀疏的梧桐樹上，夜已深，人語方歇，四周一片寂靜——如此殘敗淒清的景象，在東坡的詞中是很少見的，卻也正是東坡初貶黃州時心境的投影。「誰見幽人獨往來」？猶疑彷彿之間，好像有人影晃動，仔細一看，原來是遠處孤鴻掠過的身影。所謂「幽人」，何嘗不也是東坡自比，強調自己離群索居的幽獨？而說「誰見」，則傳達的是無人知曉的寂寞。至於那「縹渺孤鴻影」，是眼前所見的景象？還是借孤鴻以喻獨來獨往的幽人清高、失意的感受？似虛亦實，似有意若無意，給了讀者自由聯想的空間。

這闋詞比較特殊的是不像一般詞篇採統一的敘述觀點，它上片寫幽人，下片則直接就孤鴻發揮，章法奇特，別是一格。黃蘇《蓼園詞選》曰：「此詞乃東坡自寫在黃州之寂寞耳。初從人說起，言如孤鴻之冷落。第二闋專就鴻說，語語雙關。格奇而語雋，斯為超詣神品。」

孤鴻受到驚擾而飛起，卻猶不時回頭探看，似有許多憾恨，但終究無人能理解……這裡流露的是孤鴻失去伴侶後，對網罟的憂懼與失群的哀傷。帶著這樣的憂懼與哀傷，牠揀盡寒枝，不肯輕易棲居其上，寧願停息在一片清冷的沙洲上——用語何其決絕，而東坡的自信和不易被摧折的傲骨，也因此表露無遺。

東坡此時仍是待罪之身，初到黃州，寓居僧舍，生活還不穩定，心中猶有餘悸，不正是那含恨驚飛、寒枝不棲的孤鴻的心境與處境？此詞以孤鴻自喻，既表現出孤高自賞的態度、憂憤深廣的情緒，也呈現了不願與世俗同流的情操。

東坡這首詞不像婉轉有情的歌詞，比較像借物述懷的詩篇。作品運用了傳統詩歌的比興手法，因此作意在似有還無間，黃庭堅評曰：「語意高妙，似非吃煙火食人語。」其意境高遠處正在於此。

然而，明清以來，對於這首詞卻多了不少穿鑿附會之說，試圖於詞中虛處作實解，如張惠言《詞選》說：「『回頭』，愛君不忘也。『無人省』，君不察也。『揀盡寒枝不肯棲』，不偷安於高位也。」字比句附，實不足取。而鄭騫先生的《詞選》則持不同於多數人的看法，認為此詞「穆而近木，在詩中亦非佳境，何況詞乎？」不過，自宋以來，此詞膾炙人口，究其因，恐怕是其中鬱勃的神氣、堅忍自持的氣節，塑造了知識人可敬可佩的典範，遂超越了它直率無韻的缺失，得到文人的青睞。

（二）花事與人情——談〈雨中花慢〉

在前面的論述裡，我多次提及東坡詞的時空意識，這種對於時空意識的鋪陳，有時候也會藉著人花之間的關係來鋪展呈現，於是，就有了借花述懷，兼寫花事與人情的詞篇。第四講裡曾經讀過的〈雨中花慢〉便是此類代表作。

雨中花慢

初到密州，以累年旱蝗，齋素累月。方春牡丹盛開，不獲一賞。至九月，忽開千葉一朵。雨中特為置酒，遂作。

今歲花時深院，盡日東風，輕颺茶煙。但有綠苔芳草，柳絮榆錢。聞道城西，長廊古寺，甲第名園。有國豔帶酒，天香染袂，為我留連。

清明過了，殘紅無處，對此淚灑尊前。秋向晚、一枝何事，向我依然。高會聊追短景，清商不假餘妍。不如留取，十分春態，付與明年。

熙寧八年（一〇七五），東坡知密州，為了祈請上天免除本州多年來的旱災、蝗災，為百姓祈福，他有幾個月齋戒吃素，希望以此莊重虔敬之心感動神明。因此，在這段時間裡，他自然也遠離了詩酒歌舞、出遊玩賞的生活。而這正是春夏之際，牡丹盛開，東坡卻無緣一睹芳姿，不免遺憾。沒想到九月時，時序入秋，千葉叢中竟忽然開出了一朵牡丹，彷彿是刻意留下最後的餘韻給東坡觀賞。於是，東坡珍惜這難得的機緣，在雨中置酒賞花，寫下這闋〈雨中花慢〉。

詞的上片清楚寫出因旱蝗齋禱而無法外出，祈盼能觀賞牡丹的心情。花開時節，遊人四處賞花，自己卻只能鎮日閒坐深院，看著裊裊茶煙隨風飄揚，而呈現在眼前的，則不過是「綠苔芳草，柳絮榆錢」，生活著實單調寂寥。相對的，外面的世界美麗熱鬧得多了。聽說城西古寺的長廊上，富貴人家的園林裡，有緋紅色和貢黃色的牡丹，花期遲遲未過，似在為我流連，等待我去觀賞——遙想這些色香絕妙的牡丹花，讓東坡在乏味無聊的生活中得到心靈的寄託。

下片先寫終究不能得償所願的遺憾，接著寫喜出望外的心情轉折。清明過了，無處不是落花，錯過花期的東坡面對如此殘敗景象，心境黯然，情緒一時難以把持，不禁於酒筵之上掉下淚來……沒想到九月深秋時，不知何故「忽開千葉一朵」，竟有牡丹直到此時才一如花季，向著東坡綻放芳姿。

「一枝何事，向我依然？」問得無理而有情。花開花落自有規律，與人無關，然而這一朵牡丹彷彿知人心事，能感應到東坡的遺憾感傷，特意給了他一個驚喜。東坡說「為我留連」、「向我依然」，移情於物，寫牡丹而賦予深情，溫馨動人，饒有韻味。

不過，雖則為此刻陶醉，東坡卻也同時意識到好景不常的自然規律：此花開在九月，秋已深，想來花期也不會太長，要好好的欣賞她就要趁早啊。因此，他特意置酒邀約朋儕，暫且留住這短短的美麗光景。畢竟秋風無情，時間一到，便會吹落百花，當然也不會獨獨寬容這最後的牡丹，任由她保留妍麗的姿色。

但東坡並未因此墮入悲傷的情懷，徒然感歎美麗事物一去不復返；相反的，他意識到的是生命的韌性及其延續的意義——「不如留取，十分春態，付與明年。」今年，他與牡丹相見恨晚，但愛賞名花的心情卻未嘗稍減；那麼，明年仍有春天，牡丹還是會在屬於她的季節裡盛開，因此，他真誠的期盼：牡丹且莫執著於此深秋長開，不如留取芳華美姿，以待明年花時再現——這樣的期盼顯現了東坡對未來的憧憬：今年錯過的，仍有來年可待；旱蝗的災禍說不定會因誠敬的齋戒而不再困擾此地，只要明年風調雨順、國泰民安，東坡也就能歡喜如願的與百姓共賞牡丹，不再錯過花季……

這闋詞寫牡丹，但不是純粹詠物，而是藉物敘述以抒懷，透過與牡丹的這場因緣際會，寫出年來的生活實感和心境變化，語意跌宕有致。全詞沿著時間的脈絡書寫，上片寫春日齋素生活，空間由自己的住處（近）推展到寺廟、園林等外在世界（遠）；下片寫得賞牡丹之情事，時間由春及秋，到了結尾再由今秋擬想明春，寫出賞愛牡丹的心情與對來年的盼望。在東坡的詞作裡，這是第一首以長調具體的、延續的鋪陳一段很長的時間（由春到秋末，甚至延伸至明年），且在空間上，也由單一地方擴及想像的外在世界。把時間延長，將空間擴大，人的孤獨無奈之感也就更具體而深刻。而通過與牡丹花的對待關係，也呈現出東坡所感受的時間的消逝變化，以及他對明年美好事物的期盼。花事與人情之間，形成了非常緊密的結合。

東坡此作情思婉轉，語調閒雅，娓娓道來，自有一種特殊的韻致，鄭騫先生〈成府談詞〉推為東坡詞「韶秀舒徐」的代表作之一。的確，透過這種娓娓道來的和婉閒雅語調，東坡創作出了新的抒情美感。

（三）似花還似非花——〈水龍吟〉的語境與心境

中國傳統有一「物我共感」的概念。鍾嶸《詩品．序》：「氣之動物，物之感人，故搖蕩性情，形諸舞詠。」「我」之中有此生命之存在，「物」之中亦有此生命的存在。因此，我們常常能夠自此紛紜駁雜的「物」之中，獲致一種生命的共感。這不僅是一種偶發的感情而已，甚至可以說是一種與生俱來的本能。因物觸感，移情於物，見春花開而欣喜，聽秋葉落而傷悲，這些感應正是自然且必然的現象。

詠物之作從刻畫物態到體物得神、物我交融，正緣起於這樣的「物我共感」。而在各種詠物題材之中，中國詩人尤愛詠花，究其因，大概可歸納四點：（一）花的形象具體而鮮明——花的顏色、香氣、姿態，都具有吸引人的魅力，皆可刺激我們的視覺、嗅覺、味覺和觸覺等感官，因此，由此觸發的情思、聯想也就特別豐富。（二）花之取材容易——花之為物，無論室內庭中或山間野外，無論春夏秋冬任一時令，我們總能在眼前身畔隨時隨地見到她的芳蹤。因此，古今詩人所寫的牽涉關聯到花的作品也就極多，此乃必然的結果。（三）花與人之間存在著恰到好處的美感距離——從美感距離來看，無生之物的風雲月露，固然不能與花相提並論，而有生之物的禽鳥蟲魚似乎也不能與之等量齊觀。因為風雲月露的變化，雖或與人生命中的某一點、某一面有相似而足已喚起感應之處，但它們畢竟是無生之物，與人的距離終究還是疏遠。至於禽鳥蟲魚等有生之物，與人的距離就親近得多了，但有時過近的距離又往往使人容易對它生一種現實的利害得失之念，因而不免損及美感的聯想。相較之下，花則介乎二者之間，一方面近到足以喚起人親切的共感，一方面又遠到足以使人保留一種美化和幻想的餘裕。(四）花予人最深切也最完整的生命感——花從生長到凋落的過程是如此明顯而迅速，人之生死，事之成敗，物之盛衰，都可以納入「花」這一短小的縮寫之中。因此，花自含苞到凋零，它的每一過程、每一遭遇，自然都極易喚起人類共鳴的感應。

那麼，東坡借物言情，物事人情之間，交感互應，表達了怎樣的主體意識，形成了怎樣的抒情美感呢？下面我們就先來仔細欣賞東坡一闋極為出色的詠花詞。

水龍吟 次韻章質夫楊花詞

似花還似非花，也無人惜從教墜。拋家傍路，思量卻是，無情有思。縈損柔腸，困酣嬌眼，欲開還閉。夢隨風千里，尋郎去處，又還被，鶯呼起。　不恨此花飛盡，恨西園、落紅難綴。曉來雨過，遺蹤何在，一池萍碎。春色三分，二分塵土，一分流水。細看來不是，楊花點點，是離人淚。

東坡寫這闋詞，必須面對兩大挑戰：（一）次韻之作，不易發揮——宋神宗元豐三、四年間，東坡謫居黃州，他的好友章楶（質夫）「正柳花飛時出巡按」，因而以自己之前創作的〈水龍吟．詠楊花〉一詞贈給東坡。東坡收到後，依韻唱和。「次韻」，又稱「步韻」，即依循他人詩詞之韻的先後次序另作詩詞相和。這是難度甚高、很受約制的寫作方式。（二）題材局限，難出新意——詩人愛詠花，但這裡所詠的楊花並不是花，而是柳絮。楊樹柳樹是同科而不同種的植物，楊枝硬而上揚，柳枝則柔軟下垂，皆於春天時飄揚飛絮，傳統中國楊柳並稱，並不仔細分辨，楊花、柳花、楊絮、柳絮往往混用。所以，詠楊花，其實是寫柳絮，而不論柳或柳絮，形貌上都不如花之可作多層面的敘寫，且長久以來，它們已成為離情的象徵，因此能據以抒寫敘述的總不外乎離情別緒，很難另作他種象徵，所以東坡次韻章質夫這闋詞，既被型式、韻腳限制在先，復受詠寫對象約束，也只能在離情別緒中發揮才思……

劉若愚在《北宋六大詞家》就點出了東坡面臨這樣的挑戰所展現的不凡成就：「要說明天才如何戰勝技術的限制，很難以想像到一個更驚人的例子了。……在以上所述的限制之下，蘇軾和了一首他人的作品卻毫無牽強的痕跡，……而仍然成功的表達了自己的思想和感情一樣。」劉氏更進一步在寫作技術上讚賞東坡能夠以小喻大，藉巧妙的文筆技巧，達到了這樣出色的結果：「同時，這首詞又把對一樣微小的東西的描寫脫胎換骨的成了多種想像的感情經驗象徵的化身。這種成就靠著似是矛盾的雋語、想像，及其他的詩的技巧得以完成。」

本詞扣緊「柳絮——離愁」的關係，上片就柳絮之飄落和柳條、柳葉之糾結翻轉，模擬為一段閨婦和遊子之間似斷未斷之情；下片則在似有若無之間串合了一種詞人與楊花共同感受的傷逝之悲。

白居易詩說：「花非花，霧非霧。夜半來，天明去。來如春夢不多時，去似朝雲無覓處。」迷離恍惚之境呈現迷離之情、恍惚之悵然。東坡則在詞的一開始巧用類似的句子來呈現楊花的神態：「似花還似非花，也無人惜從教墜。」楊花有花之名卻終究不是花，濛濛飛絮令人難以定義，也令人很難以惜花的心情來憐惜它，往往任其兀自飄墜——這是楊花的宿命。然而，(楊)柳之為樹，一直以來卻又與人情相關。從《詩經》的「昔我往矣，楊柳依依」，到唐宋詩詞的「客舍青青柳色新」、「楊柳岸、曉風殘月」，折柳贈別(「長亭路，年去歲來，應折柔條過千尺」)，睹柳憶人(「忽見陌頭楊柳色，悔教夫婿覓封侯」)……柳，早已成為春日離愁的象徵。而柳絮飄綿時節，則又分外惹人傷感：「春風不解禁楊花，濛濛亂撲行人面。」離開柳梢，翻飛於風中的柳絮，不是折以贈別的信物，不是年去歲來今遊子猛然心驚、黯然神傷的新綠柳色，但是，它的命運卻與遊子彷彿相似——遊子離鄉，一年兩年，十年二十年……家，成了永遠的思念，縱使有朝歸去，卻再也不可能是自己當時離開的模樣。時空一旦轉變，任何事物便無法回到原點。對柳絮而言，渺渺飄墜之際，柳樹不也就成了永遠回不了的家？「拋家傍路，思量卻是，無情有思。」柳絮輕易的飄離河畔橋邊道途上的柳樹梢，看起來就像是無所眷戀的拋離了自己生長的家，可是它翻飛飄揚，最後卻又往往緊靠著路邊塵土落下——初看似無情，仔細想想，又好像仍有情思相繫。「拋家」是「無情」之舉，「傍路」則是「有思」的表現。東坡在此反用裴說的〈柳〉詩「思量卻是無情樹，不解迎人只送人」之意，語意宛轉有致，寫情更加深曲。

而離情是相對的，「拋家傍路」說的是離鄉的遊子，接著東坡則從留守的閨婦這邊書寫，描繪離別情懷的整體面貌：「縈損柔腸，困酣嬌眼，欲開還閉。夢隨風萬里，尋郎去處，又還被，鶯呼起。」「縈」本來是指絲線收捲纏繞，「損」是加強的字，有「到了極點」的意思，「縈損」形容極端糾結的樣子，寫柳條柳枝柔細，依依遢遢，收捲纏綿，正似思婦千迴百轉的愁腸、梳理不開的愁思。所以，「縈損柔腸」是寫密密垂下、隨風飄揚、翻捲糾結的柳條，東坡將之模擬為女子內在相思惆悵之情。接著寫柳葉。古人常將柳葉稱作「柳眼」，柳葉在風中翻動，忽而此面忽而彼面，狹長的細葉正似時開時閉的雙眼。東坡由此聯想，「困酣嬌眼，欲開還閉」，將風中柳葉的樣態擬寫成了相思愁苦的女子情貌：嬌美的雙眼其實早已睏倦得直想闔上，卻猶望眼欲穿，深怕錯過歸來的身影，因而苦苦撐著，不願輕易閉上……最後，倦慵至極，終究睡去，而睡夢裡依舊是揮之不去的思念。醒著時的身軀穿越不了現實的水遙山隔，夢中的魂魄卻可隨風而去，直到萬里之外尋找情郎的蹤跡。可是，正渺渺忽忽、尋尋覓覓之際，戶外一陣黃鶯啼聲，叫醒了淺淺入眠的女子，也打斷了她正欲與情郎相會的美夢。這是化用了唐代詩人金昌緒〈春怨〉裡的詩句：「打起黃鶯兒，莫教枝上啼。啼時驚妾夢，不得到遼西。」不過，金詩比較剛健，詞則幽怨纏綿得多。這些情境正由柳枝與柳絮之間相依相違的關係所生——柳枝被風吹拂著，由高處往低處擺盪，彷彿就要碰觸到飄墜於路邊的柳絮，但霎那間柳枝又隨風揚起，柳絮也輕飄飄的隨風翻滾，不知去到何方，適才彷彿的碰觸竟如一場春夢飄失……

詞的上片充分運用擬人的手法，捕捉了楊花的神韻，將物態與人情融合為一體，扣合了離人和閨婦的情懷。但詠物詞作不僅僅是寫出物的外在形貌而已，因物及情，它還須回歸一己的內在情意之真切感受。詞的下片，東坡轉而抒發的便是自己與楊花綿延相繫的感懷、傷悲。

承接上片的柳絮隨風飄去，下片首三句說：「不恨此花飛盡，恨西園、落紅難綴。」「落紅難綴」是指燦爛的春花凋零落地，就再也難以接回枝頭，正如春光既逝則無法追回。此處東坡彷彿回應著自己一開始所說的：「似花還似非花，也無人惜從教墜」，似乎他也和一般人一樣，不顧惜楊花飛盡，憂恨的只是西園的萬紫千紅無法留住——春日的花團錦簇往往令人聯想著青春歲月、美好光景，因此一旦繁花落盡，也就更容易讓人驚覺青春易逝、美好成空——然則楊花翻飛，雖無奼紫嫣紅的色彩，但一朝飛盡，不也如同落花，終究是隨著春天的腳步歸去？東坡說「不恨此花飛盡」，看似對楊花無情，然而，他真的不在乎嗎？「曉來雨過」，一早醒來，風雨過後，他不禁追問：柳絮「遺蹤何在」？風中已無飛絮，映入他眼中的是「一池萍碎」。古人有一說，認為浮萍是柳絮入水所化，飄墜水面的柳絮，細細碎碎，點點隨波漂蕩，的確彷如浮萍。而面對一池萍碎，詞人才驚覺：不獨春日的繁花已凋零，就連不覺得需要特別珍惜的楊花竟然也自風中消失了。不恨、尋問到驚悟，反倒激盪出更深的哀感——「春色三分，二分塵土，一分流水」。楊柳隨春而發，楊花雖則無絢爛的色彩，卻以漫天飛舞的風姿見證了春日的美好。而當柳絮逐漸委於塵土時，春光也已減褪了三分之二，剩下的三分之一也在暮春時節，隨著柳絮化入流水，一去不復返，春天，就這樣消逝了……詞寫到這裡，已點出了本篇的主題：時間推移的感傷。順著這份感傷，楊花不再只是楊花，在雨後，水流中，細看點點落絮，哪裡是楊花，簡直是離人眼中的淚珠啊！

這首詞最後以「淚」字結束全篇，達到了情緒的高潮——以淚的意象，綰合以上無家遊子、閨中少婦和作者本人的傷逝情懷。然則，楊花最終所象徵的就是一種時空流轉中的離恨。東坡此詞人花合一，物情人意融為一體，纏綿掩抑，寫出了詞體普遍歌詠的時空變換課題，更渲染出一切都徒然失落之哀感。

詞末的十三字之斷句，由來頗有些歧異。鄭騫先生《詞選》收錄此詞，十三字的斷句是：「細看來、不是楊花，點點是、離人淚。」並附加說明：「結處十三字應作一五兩四，如質夫原作云：『望章臺路杳。金鞍游蕩。有盈盈淚』是也。東坡此作與之小異；然此十三字一氣直下，句讀少異，原自不妨。後人亦有用東坡句法者。」除了這兩種句法，諸家編錄此詞，也有作「細看來，不是楊花點點，是離人淚」，或「細看來，不是楊花，點點是離人淚」。東坡以意為文，往往不必然是格律能束縛住的。誠如鄭先生所言，這十三字的句讀稍有差異，本也無妨。不過，若是深切體會東坡立意、構思的巧妙之處，我覺得這幾句仍作正格為佳：「細看來不是，楊花點點，是離人淚。」

劉熙載《詞概》說：「東坡〈水龍吟〉起句云：『似花還似非花』，此句可作全詞評語，蓋不離不即也。」東坡整首詞在楊花不是花、柳絮與枝葉、花事與人情、東坡與此物間，採取了一種「似是而非，似非而是」的論述方式，文情跌宕，於恍惚不定中，掌握了楊柳與離別交織而成的糾結情思，也貼合由物及人的詞體之抒情特性，全詞迴盪著「似花——非花、無情——有思、欲開——還閉、不恨——恨、不是——是」的語意，纏綿幽怨，十分傳神。依此脈絡，結語十三字，先頓在「不是」，似乎否定了這些翻飛、飄墜的飛絮是楊花；但是緊接著卻又說「楊花點點」，看到的實體真是楊花啊！可下一句以「是」連結的卻是「是離人淚」，楊花的認知又被推翻——似花還似非花，春光中飄颺迷濛的是離別相思的心緒，可憐渺渺飄墜春水的是離人的點點淚珠……。這樣的「五四四」正格句式，比起其他的句讀安排，轉折更為深曲，更能呼應全詞「若即若離」的主調。

東坡的詠物詞不多，但少量的佳作莫不真情為文，悉以構篇奇絕、情辭跌宕、意境高遠著稱，在規範中求創新，迥出於唐宋名家之上。而這闋〈水龍吟〉，張炎《詞源》評曰：「後段愈出愈奇，真是壓倒古今。」王國維《人間詞話》則給予極高的評價：「詠物之詞，自以東坡〈水龍吟〉為最工。」這闋詞在物我之間，虛實之際，似有若無中，舒徐道來，筆意細膩，情意纏綿，深得楊花的物態風神，更在物我交感中寫出時間消逝的憂傷，的確是東坡詠物詞的代表，也是古今詠物詞的上乘之作。

（四）伴君幽獨——〈賀新郎〉與〈西江月〉的女性書寫

〈水龍吟〉讓我們看到了天才如何超越技術限制，詠物擬人，寫景述情，成功的表達了個人關切的生命課題，形成了獨具的抒情美感。下面我們繼續選讀東坡的另外兩首詠物詞：〈賀新郎〉、〈西江月〉，也都是詠花之作，看他如何借花述情，塑造幽獨、孤高的女性形貌，喻託一己之衷懷。

賀新郎

乳燕飛華屋。悄無人，桐陰轉午，晚涼新浴。手弄生綃白團扇，扇手一時似玉。漸困倚、孤眠清熟。簾外誰來推繡戶，枉教人夢斷瑤臺曲。又卻是，風敲竹。石榴半吐紅巾蹙。待浮花浪蕊都盡，伴君幽獨。濃豔一枝細看取，芳心千重似束。又恐被、西風驚綠。若待得君來向此，花前對酒不忍觸。共粉淚，兩簌簌。

俞平伯《唐宋詞選釋》：「關於本詞也有一些故事，有謂為官妓秀蘭而作。有謂為侍妾榴花作。有謂在杭州萬頃寺作，寺有榴花。這些都不過傳說而已。」這首詞的意義在「虛」不在「實」，並不需要根據「事實」來詮釋，只須緣著文本，體會其情思，自能感知詞中勝意。此詞詠美人，寫榴花，似相離又相合，筆意承傳轉化間，展現出物我交融的意境，又不離東坡一向關切的時間課題。因此，東坡如何塑造獨特的美人形象，並因人及物，寫出花與人的共同生命特性，是理解這首詞的重點。

詞的上片描寫女子夏日孤寂、慵倦的生活情境。「乳燕飛華屋」，小燕子飛旋於華美的屋宇之間，既點出時令已到夏日，也點明了女子居所——是富貴人家的環境。乳燕的稚嫩形象令人不免聯想女子亦如燕之初長成，正當年少青春，而燕能自由飛翔，女子呢？華屋除了燕子來去，無人相訪，悄然孤寂的世界裡，時間默默的推移著：「悄無人，桐陰轉午，晚涼新浴。」桐樹的影子逐漸移轉，時間亦隨之移轉，過了中午，來到傍晚，夏夜微涼，而女子剛洗去一日暑熱，緩緩搧著白團扇，潔白秀麗的手和雪白的絲絹扇面輕輕晃動，一時之間，竟似相合如一，恍如白玉。這樣的書寫，使得浮現我們眼前的女子，呈現了清爽乾淨、玉潔冰清的形象。而時間依舊靜靜推移，寂寞的女子也在百無聊賴中漸感睏倦，斜靠著床頭進入夢鄉，睡得清恬熟靜……突然間，簾外傳來聲響，是誰推開了房門？似乎有人推門而入的聲音驚醒了女子，打斷了她恬靜的美夢——夢中她置身於瑤臺仙境深處，清雅寧靜，遠離凡塵，更無俗慮——夢是心靈的投影，渴望登仙境正是因人間的情意糾葛總是帶來無法抽身的煩憂。然而，一點聲響就讓神仙清夢破滅，豈非是因為女子終究難以割捨對人間情事的眷戀？突然的聲響帶來期待，期待有人歸來，期待孤獨寂寞就此結束……沒想到起身靜候，沒有人開門，沒有人進來，一室空寂，窗外傳來的只是風敲擊著竹子的聲音。東坡於此巧用了唐代詩人李益的詩句：「開門風動竹，疑是故人來」，寫出了美人在孤寂之中，有些期待，卻終究成空的悵然。

上片敘寫一位女子的夏日閨中生活情境，藉由描繪其動作、夢覺情景，隱隱呈現她欲待無人的空閨寂寞。依照常理，下片通常會順此脈絡轉入女子內在情思的刻畫，不料東坡卻非如是。詞的下片轉而描寫的是石榴花——夏日當令的花朵，五月始開，而此時百花多已凋零：「石榴半吐紅巾蹙。待浮花浪蕊都盡，伴君幽獨。」初開的石榴花，花瓣尚未完全展開，好似揑束著、有許多細褶的紅絲巾。它矜持的等到那些輕浮爭豔的春花凋謝了，才幽幽然獨自開放，靜靜的陪伴孤單寂寞的女子。「幽獨」是全篇的關鍵語——女子幽獨，晚於許多春花開放的石榴也幽獨，彼此為伴，同心相憐，人即是花，花即是人，人花合一，都是「幽獨」。幽居、寂寞、孤獨、無奈，這樣的心境屬於女子也屬於石榴花。因此，接下來對花的描寫，特別強調的便是其「抑鬱」的一面：「濃豔一枝細看取，芳心千重似束。」濃豔的花瓣是乍看的美麗外表，但更仔細用心的去看它，重重疊疊的花瓣，多麼像密密合合的芳心，鬱結難開。「半吐紅巾蹙」、「芳心千重似束」，既細膩的勾勒出石榴花真實的花貌，也深刻的呼應著上片所寫的深閨女子空虛寂寥的心靈、無法盡情舒展的青春。而更令人憂懼的是：夏日一過，秋風來時，不獨花落，恐怕連綠葉枝條也都將在冷颼颼的寒風裡凋零——韶光易逝，青春也難常駐。到那時節，這幽獨的女子來到庭園中，花前對酒，恐怕她將不忍伸手觸摸那已漸枯萎的花朵。西風裡，美人的眼淚、凋謝的石榴花，一起緩緩飄落……

上片寫人，下片寫花，最後從「若待得君來向此」數句，人、花雙寫，同歸於消逝的宿命。這樣的詠物書寫方式與前面的〈水龍吟〉自是不同。

這首詞的一大特色也就在於章法奇特。吳師道《吳禮部詩話》說：「東坡〈賀新郎〉……後段『石榴半吐紅巾蹙』以下，皆詠榴。〈卜算子〉……『縹緲孤鴻影』以下，皆說鴻，別一格也。」兩首詞在章法上，都是先寫人後寫物，前後分開，情意卻又彼此呼應，已非單純的詠物，也不是直接的抒情，這樣的體例可以說是一種變格。顏崑陽先生說：「這種章法，應該是由李商隱的詠物詩變過來的。李商隱的〈野菊〉、〈蟬〉、〈落花〉等，這些詠物詩，都是人、物雙寫，兩線並行，卻又彼此交融為一，寫人即是寫物，寫物即是寫人。」不過，東坡此詞既似承繼這樣的技法，卻又有所不同。李詩的「人」指向作者本身，東坡詞中的「人」卻是他所塑造的美人。而詞之為體本較詩更為幽邈曲折，所謂「美人」，何嘗不是東坡心靈的投影？所謂「幽獨」，也都是美人、花、東坡共同的心情與處境。而從〈水龍吟〉到〈賀新郎〉，東坡詞一貫的時間憂懼的意識也始終都在。

接著，我們要看的詠物詞是東坡的晚年作品，當時他已遭貶放，謫居嶺南惠州。

西江月

玉骨那愁瘴霧，冰姿自有仙風。海仙時遣探芳叢，倒掛綠毛么鳳。　素面常嫌粉涴，洗妝不褪殘紅。高情已逐曉雲空，不與梨花同夢。

南宋傅幹《注坡詞》：「公自跋云：『詩人王昌齡夢中作梅花詩。南海有珍禽，名倒掛子，綠毛，如鸚鵡而小。惠州多梅花，故作此詞。』《詩話》云：『王昌齡梅詩曰：落落寞寞路不分，夢中喚作梨花雲。』方知公引用此詩。」另外，東坡詩也曾自注：「嶺南珍禽有倒掛子，綠毛，紅喙，如鸚鵡而小，自東海來，非塵埃中物也。」若傅幹所說的那段自跋屬實，則東坡此詞應是即物有感而發，詞中意象的運用和立意構篇的設想，也可以根據這些資料推論得知。

全詞詠寫的是惠州梅花，並藉嶺南珍禽倒掛子之「非塵埃中物」，烘托此花亦非凡品。這樣的花鳥並列，互為襯托，本是詩畫中常見。起首兩句：「玉骨那愁瘴霧，冰肌自有仙風」，先點明了所寫的不是北方傲雪凌霜的梅花，而是生長於充滿瘴氣的嶺南的梅花。這梅花清奇脫俗，如冰似玉，自然流露出神仙般的風姿，全然不畏瘴癘之氣的侵擾。「玉骨冰肌」寫梅花，正如東坡在〈洞仙歌〉裡形容花蕊夫人「冰肌玉骨」——這是東坡心目中的「女神」圖像，清雅高潔，不受塵世汙染。而這有如落入凡間的仙子，雖則難與一般花草為伴，卻也不會孤單，因為「海仙時遣探芳叢」——海上神仙時常派遣了使者前來探望陪伴。使者是誰呢？原來是「倒掛綠毛么鳳」——像小鳳凰有著綠羽毛的倒掛子。特殊的花，特殊的鳥兒，異卉珍禽，相映相襯，形成了一幅不同凡俗的畫面。

概寫了惠州梅花獨具的清雅風姿與其生長的特殊風土，下片要寫的是它的形貌與精神。「素面常嫌粉涴」，既寫花瓣之白，亦彰顯其自矜自持的高潔：梅花是不施脂粉的美人，嫌世俗的胭脂會弄髒了她天生的容顏，因此寧可維持自己淨白素潔的本貌。不過，雪白的花瓣邊猶有一圈紅暈，東坡形容是「洗妝不褪唇紅」：這不是人工的口紅，是卸不掉、洗不去的天然紅豔的色彩。兩句呈現了冰玉般素白且帶一點嫣紅嬌美的盛開梅花，而因為詞人的擬人手法，也讓我們彷彿看到的不只是花，還是高潔的美麗女神。然而花開花謝有期——「高情已逐曉雲空，不與梨花同夢」，這是反用王昌齡梅詩的句子：「落落寞寞路不分，夢中喚作梨花雲。」東坡說梅花高潔的情韻已化作白雲，隨著晨光散去，它是不會與梨花一同入夢的。此指惠州梅花獨開獨謝，自賞孤芳，不與梨花同時。在東坡心目中，眼前的梅花與其高雅的情懷節操，是世俗凡花難以比並的，只有清曉的白雲才差可比擬，而雲在虛無縹緲間，可望不可及，這不免令人聯想到神仙虛幻的世界，正好與上片「仙風」、「海仙」等處前後呼應，詞意貫串。

從「玉骨」句始，東坡一句句勾勒出嶺南梅花淨白雅麗的脫俗風采，點畫出它的清高情韻，而最後則將所有的花姿神韻全化成了清曉雲絮、悠悠長空。這虛實之間的構篇運思，確是韻高筆妙，於詠物詞之寫作，創造了一番新意境。

過往頗有人認為此詞應是悼念朝雲之作，因為朝雲陪侍東坡來到嶺南，最後病故於惠州，而「曉雲空」正可以解作「朝雲已逝」。但是，細究詞意，這闋〈西江月〉就如同東坡其他詠物詞，在「虛」不在「實」，旨在詠梅，與實際人事並不相干，很難說有悼念之意。我們閱讀它，毋須指實，不妨從虛處體會，自能領略詞中人、物交涉形成的精神境界，而其中也必有作者當下時空裡特有的情思在——東坡對梅吟詠，賦予嶺南梅花高潔、堅貞、無畏和超塵絕俗的意義，正是它貶謫惠州，不畏艱難，處逆境而不改初衷的心境下創造出來的。

東坡的詠物詞，詠物擬人，藉物抒懷，不論所詠是石榴、梅花或楊花，皆由一般的比喻提升到一種象徵、一種境界；而花的幽獨、清高既用以比喻女孩子的心境，同時也正是東坡自己內在心情的投影。值得注意的是東坡在他的詞中所塑造的女性形象，如〈洞仙歌〉裡形容花蕊夫人：「冰肌玉骨，自清涼無汗」；〈定風波〉讚美柔奴：「笑時猶帶嶺梅香」；以及上述詠物詞中與花相比擬的女子的神采，都呈現出「冰清玉潔」的特質，都有著一種愛潔淨、優雅、高遠的姿態。這也正如同他喜歡寫「湖邊沙路免泥行」、「松間沙路淨無泥」一樣，總是要在人生道路上，保持一種潔身自愛、不同流合汙的姿態。雖然，在這些女性形象的書寫裡，往往還貫串著「又不道流年，暗中偷換」的時間意識，然而，面對時間的憂慮卻也正需要如梅花那樣高雅脫俗、自矜自持、充滿韌性的精神，方能使人在時空推移的永恆悲哀之中不自我放棄、不被悲哀吞噬。可以說，東坡詞中的這種冰雪美人的意象，正是他內心想保持一種心靈潔癖的面向——不要忘了，黃州時期，他自己搭造了一間簡單的房舍，四壁繪雪，命名為「雪堂」，是他休憩讀寫冥思之所——從雪堂到冰肌玉骨，再到嶺南梅花的傲骨風姿，一以貫之，呈現的都是他面對現實人生的成敗得失、迎向生命本質的悲涼無奈時，那份高潔自重、不輕言放棄的精神。

八、飄蕩與回歸

——在人情世界中尋得心靈的安頓

（一）長恨此身非我有——〈臨江仙〉之覺悟

說到東坡，我們往往會想起他的曠達胸襟，而曠達的胸襟源於先天的性情與後天的反省、領悟。年輕時的東坡雖然不免任性自負，但他也是一位自省力極強、悟性很高的人，加上具有溫厚的人格和開朗的個性，使得他隨著年歲的增長、生活的歷練、學識的涵養以及個人的修持，逐漸的，就形成了較為圓融的自我觀照，得以透視生命的本質，以更平和的心境來面對生命的困境。

寫於元豐六年的〈臨江仙．夜歸臨皐〉，就充分呈現這樣一種自我觀照的精神：

夜飲東坡醒復醉，歸來彷彿三更。家童鼻息已雷鳴。敲門都不應，倚杖聽江聲。
長恨此身非我有，何時忘卻營營。夜闌風靜縠紋平，小舟從此逝，江海寄餘生。

關於這闋詞，俞平伯《唐宋詞選釋》有一段說明：「東坡本是黃州的地名，作者在那邊築雪堂，準備躬耕。唐白居易在忠州時亦有東坡，蘇軾仰慕前賢，即引來作為自己的別號。這裡寫從雪堂夜歸臨皋，行蹤正和〈後赤壁賦〉所云相同。」臨皋是指臨皋亭，為東坡貶謫黃州時的住所。雪堂則蓋在他的耕地「東坡」那裡，是他耕種之餘休憩讀書寫作、偶與朋友聚會之處。換言之，雪堂是他靜心沉潛、暫時脫離凡塵瑣事的地方，而臨皋則是他的人間情意責任牽絆處。從雪堂回到臨皋，在這首詞裡面，東坡其實賦予了它一種象徵意義：從精神的、心靈的世界回到現實的人間世——這過程可能有些波折、有些觸發，進而有令人尋思和體悟的地方。

從表面的字義看此詞上片，只是一段平實的記事，記錄了東坡夜飲東坡（雪堂），直到更深人靜才獨自回到住家臨皋亭，不料家中童僕早已熟睡，他敲了許久的門，卻無人回應，只有鼾聲傳來。進不了家門的東坡只好倚著枴杖，站在門外，靜聽不遠處的江水聲……然而，就在這一段簡單的敘述裡，東坡的時間推移、空間幽隔、難得自由之感，卻已自然的流貫其間。

「夜飲東坡醒復醉」，似寫這一次聚會之暢飲，也因此才會晚歸。可是，這「醒復醉」三字，何嘗不也道盡東坡在現實人生裡的種種挫折？東坡文學中，「醉」如同「夢」，都代表了生命的虛妄、無常——人生道路上的執著追求、癡迷眷戀，就好像喝醉酒的人一樣，跌入幻象，茫茫然而不自覺。「醒復醉」無疑是東坡在現實上的形跡：屢仆屢起，醒悟之後卻又割捨不了對人世的關懷，於是就再一次跌入了情感與理想的矛盾掙扎之中。醒醒又醉醉，醉醉又醒醒，東坡的寂寞盡在其間。而三更歸來，敲門不應，流露的是理想與現實不能協調之後，無依無靠的寂寞。當此際，沉沉夜色中歸不得家門的東坡如何自處呢？「倚杖聽江聲」，我們看到的是淒然孤獨自傷的身影——「倚杖」，是人老的事實，是無法躲避的意識。而在意識到自己年華逐漸老去的同時，又聽著江水在寂靜的夜裡不停的流逝。孔子昔日曾對著滔滔江水感歎：「逝者如斯夫，不舍晝夜！」不斷的流過眼前流向他方的滾滾江水，本來就很容易令人聯想、驚覺時間的消逝，更何況值此夜深人靜，聚會已散，孤身酒醒卻有家歸不得的時刻，其感慨焉能不深？

下片所寫便是「倚杖聽江聲」的感慨與體悟。

「長恨此身非我有」，意思是指身不由己。此處化用了《莊子．知北遊》的一則寓言——舜問老師丞：「我的身體不屬於我所有，那究竟是屬於誰所有呢？」老師回答他：「是天地暫時借給你的形體。」——因此，若從軀殼來看，生命是短暫的，且不是能由人來自主的。然而，許多人卻拼命從這軀殼起念，為口腹之慾、名利之望而奔波勞碌，為滿足根本不屬於自己的軀體之樂而惶惶不安。此刻，東坡無限感觸，不禁自問：「何時忘卻營營？」人寓形宇宙，生死無由，對自己有形的身體尚且無法自主，那麼，汲汲營營於各種追求，眷戀執著所謂意義、抱負等等，又何嘗不也是鏡花水月，終究成空？

「長恨此身非我有，何時忘卻營營？」這是東坡反身觀照後的感歎，深沉而蒼茫。然而，除了江水流逝的聲音之外，沉思中的東坡卻也看到了、感受到了——「夜闌風靜縠紋平」——夜色寂寂、晚風歇止、江水平靜無波紋——這是實景，也像是大自然給予他的回應。天地無言，在一片寂靜之中，情緒慢慢的沉澱下來，心靈也漸趨平靜……西方有一哲諺說：「我們無法在湍急的水流中，照見我們真正的容顏。」的確，唯有當我們心平氣靜時，我們才有可能面對自己、照見自己的內在，進而真正的認識自己。東坡從「醒復醉」、「敲門都不應」到「倚杖聽江聲」，然後有「長恨此身非我有，何時忘卻營營」的慨歎，但是，面對著「夜闌風靜縠紋平」，他心中的波濤漸漸平和，他內在的情思亦隨之清澄明淨，從而興發了「小舟從此逝，江海寄餘生」的體悟。

這體悟就如同孔子在《論語．公冶長》所說的：「道不行，乘桴浮於海。」理想既然無法在現世裡實踐，那就放下一切，駕著小船，遠離擾攘的塵世，自由自在的浮沉江海之間，逍遙的度過餘生吧！結筆兩句，與其說是消極的隱退思想，不如說是儒家「窮則獨善其身，達則兼善天下」的寬和心境，與〈後赤壁賦〉裡貼近老莊思想的「放乎中流，聽其所止而休焉」的自適心境結合，正彷若陶淵明詩：「縱浪大化中，不喜亦不懼」的境界。

東坡曠達的胸襟，事實上正是儒釋道思想圓融合一的呈現——儒家的毋意、毋必、毋固、毋我，以及莊子的無待、佛家的空諸一切，這些修為使精神得到真正的自由，自然不再受限於涓涓時間之流，而是能夠縱身於廣闊的江海。前人臨流興歎，東坡此詞則是臨江而得道——〈臨江仙〉之作，就是敘述一段釋放身軀達到心靈自由的歷程。而〈臨江仙〉一名正有「臨江得道」的意思，東坡選用這個詞牌，何嘗不也藉此表明心意？

東坡說：「江山風月本無常主，閒者便是主人。」元豐五年之前，東坡實際上是「閒而不適」，無法遊心於物；元豐五年之後，東坡文學才出現真正的閒情。這首〈臨江仙〉是重要的關鍵，因為它揭示了由「身閒」到「心閒」的秘訣：「忘卻營營」——能「忘」才能「游」，身心才能得「閒」；能「閒」才能觀照萬物，無入而不自得。

（二）我亦是行人——時空限制中的自由

之前我一再提到，「人生有別，歲月飄忽」之感始終困擾著東坡，縱然他在詞作裡不至於表現為像柳永那種「執手相看淚眼，竟無語凝噎」（〈雨霖鈴〉）的傷痛悲切，或者是秦觀那種「此去何時見也，襟袖上、空染啼痕」（〈滿庭芳〉）的淒婉無奈，但東坡重情，與親友離別時，總有著依依惜別之感，難以坦然釋懷，甚至引伸為「此生飄盪何時歇」的深沉感歎。

如果一生皆在飄盪，到處奔波，怎不令人悽惶？而不知何時歇止的飄盪，豈不也意謂著家鄉將更加遙不可及？家，是讓人心安的原鄉，但長期漂泊在外的人，不斷的客中送客、別中有別，更增無家之感，心神當然也更是不得安寧，身體則彷若遊魂一般，終日如夢如醉。如何在時空流變中尋得身心的安定，一直是東坡努力的方向。

宋哲宗元祐六年（一〇九一），東坡五十六歲，任杭州知州。此時他的好友錢勰（穆父）從越州（浙江紹興）知州調派為瀛州（治所在河北河間）知州，赴任所的旅途上經過杭州，特地與他相會。東坡作了一首〈臨江仙．送錢穆父〉，寫出了和前期送別詞很不一樣的意境：

一別都門三改火，天涯踏盡紅塵。依然一笑作春溫。無波真古井，有節是秋筠。
惆悵孤帆連夜發，送行淡月微雲。尊前不用翠眉顰。人生如逆旅，我亦是行人。

東坡和錢穆父大約是在宋神宗熙寧末年結識，東坡〈送穆越州〉詩中說：「江海相忘十五年」，可見兩人之深交。元祐初年，兩人同在京師為官，詩酒唱酬，交往更密切。其後，錢穆父不見容於宗室貴戚，出守越州。東坡也因反對舊黨一味廢除新法，兼且得罪程頤理學之門，遂令當權的舊黨人士難以容忍他，程門弟子也抨擊他，於是，隨錢穆父之後，東坡亦自請離京，出知杭州。

歲月如流，兩人當日京城一別，此次杭州重聚，竟然已是別後的第三個寒食節了。這三年裡，錢穆父離京、奔波於吳越之間，現在又要遠赴瀛州，真可說是「天涯踏盡紅塵」。可是，縱然時空一再變換，始終不變的卻是他坦然無礙的心境：「依然一笑作春溫」。錢穆父並未因這些遷徙而露出愁苦的神態，他依然面帶笑容，散發出春日般的溫暖神韻。這何嘗不也是東坡自己面對逆境的態度？

然而能有此外在的表現，是由於有著充盈於內的精神意志。東坡化用白居易〈贈元積〉的兩句詩：「無波古井水，有節秋竹竿」，讚揚錢穆父以道自守，保持耿介風節的特質。所謂「無波真古井，有節是秋筠」，說的是錢穆父不為升遷浮沉而憂喜，心情平靜無波瀾如古井之水，而其風骨更如秋竹有節，堅毅挺拔，不易摧折。

一般的送別詞，寫的多是行者因難留而寡歡、送者為惜別而傷感的情景況味，如我們在前面篇章讀過的東坡前期送別詞亦復如此。但東坡這闋〈臨江仙〉作品卻有不一樣的書寫角度。他不渲染負面情緒，反而是以積極肯定的話語作別，以操守風節自勉勉人，展現了他的胸襟。這樣的氣節，正是抵禦人生橫逆的重要力量。

他們倆之離開汴京，都是由於在朝好議論政事，遂招致言官抨擊而不得不的選擇。錢穆父先離京，出任越州知州，任上內修德行，外治州務，政績頗受讚頌。而東坡自請出知杭州，一則是為了息波瀾、存名節，不讓自己陷在政治爭鬥的泥沼之中；一則也是認為居朝徒增紛爭，無益蒼生，反倒不如治理地方，更能為天下百姓做事。因此，他深自認為自己的信念、操守與錢穆父是完全一樣的。所以詞中引用元白詩句作喻，恰恰切合兩人關係，所謂「德不孤，必有鄰」，元白二人以此自許相勉，蘇錢兩人亦當如是。

下片寫月夜送別情事。錢穆父要去的瀛州在河北，屬於比較偏僻的郡縣，繁華不如越州。尤其自熙寧以來，瀛州先後遭遇旱災、地震等，赤地千里，五穀不收，百姓逃荒，情況愈發悽慘，到元祐年間仍未恢復元氣。因此，東坡深知好友此去瀛州，將要面臨的是頗為艱辛的工作，但士大夫秉持「知其不可而為之」的精神，理應勇往直前，不應畏難而懼。所以縱然不捨，東坡也還是用更積極的態度為朋友打氣，真誠的為他餞別。

當東坡在筵席上勸歌女「尊前不用翠眉顰」，也同時表明了他個人面對離愁的態度：一是不要為離別而傷感蹙眉，徒然增加離人的愁緒；二是世間離別本是尋常事，自是毋須過度哀傷。

詞末兩句：「人生如逆旅，我亦是行人。」所謂人生如寄，李白〈春夜宴從弟桃花園序〉也說：「夫天地者，萬物之逆旅也。光陰者，百代之過客也。」既然人生在世，就像是旅行者短暫停留在旅舍一般，每個人都是時空中的過客，行色匆促；那麼，從這一角度來看，我們都是客中送客——你是即將離去的行人，而我又何嘗能夠久留於此？和你一樣，我也是行人，有一天也終將離此而去。所謂行與留，只是相對的情況，其實又有什麼分別呢？又何必計較人聚人散、時間久暫和江南江北、空間遠近呢？

詩詞的結語，往往最能看出境界。東坡寫給錢穆父的這首送別詞，表現了之前沒有的豁達，也揭示了一種精神力量，肯定人生的正面價值。而秉持著這樣的一種信念和操守，便能忘情於升沉得失，雖遠行亦能安之若素，雖送別也能釋慮忘憂。

（三）歸去來兮——回到人情安心之處

藉由東坡離開黃州時所寫的一闋〈滿庭芳〉，我們可以進一步了解東坡詞「曠」的意義，體會他以情為依歸的生命意境。

東坡的思鄉情懷相當深濃。他的著名詩篇〈游金山寺〉最後幾句說：「江山如此不歸山，江神見怪驚我頑。我謝江神豈得已，有田不歸如此水。」——江山如此美好，我卻久戀塵俗不肯歸隱，江神想必要責怪我，且為我的頑冥不靈感到驚訝。於是，思歸故鄉的東坡對著江神發下誓言：我向江神致歉意，我之所以遠離故鄉山水，出外為官，實非得已；要是故鄉有田可耕，可解饑寒，我卻仍眷戀仕途，遲遲不歸隱，那麼，就讓我如這江水一般，一去而不返——諸如此類的想法心境，在東坡詩詞中經常可以讀到。

雖然，東坡與弟弟子由有「夜雨對床」的盟約，和楊元素也有「何日功成名遂了，還鄉，醉笑陪公三萬場」的祈願，但終究身不由己，不但功名未就，還反遭貶謫，離家愈遠，則鄉愁愈深，乃有「望斷故園心眼」的悲慨。更沒想到，〈游金山寺〉詩中所言，竟一語成讖，東坡真的就如長江水，自蜀地出三峽，滔滔東流去，再也不可能逆流回歸……

如何化解鄉愁？怎樣覓得生命的歸宿？這是東坡最要思索的人生課題。

東坡謫居黃州四年又兩個月，元豐七年四月，終於得到朝廷的新任命：量移汝州——由黃州團練副使移為汝州團練副使、本州安置。汝州比黃州繁榮，又接近政治中心汴京，對貶謫的人來說，這無疑暗示著懲罰將要結束；而量移之後，緊接著往往就是「任便居所」——自由選擇居住地方——至此，也就代表罪官身分消失。所以，「量移」和「任便居所」可以說是即將再被朝廷起用的前奏，是政治生命重新開始的起點。

對用世之心仍在的東坡而言，「去黃移汝」無疑是個好消息。可是，「桑下豈無三宿戀」（〈別黃州〉詩），在這四年多的歲月裡，黃州的山水田野、鄉民仕紳，早已成為東坡生活中的一部分。他們陪伴他度過生命的困境，而他也相對的付出了真摯的情誼。現在，在理想與田園閒情之間，東坡必須有所選擇，如同當年他割捨鄉情、踏上仕途一般。〈滿庭芳〉一詞寫下的就是這複雜的情緒。

滿庭芳　元豐七年四月一日，余將去黃移汝，留別雪堂鄰里二三君子。會李仲覽自江東來別，遂書以遺之。

歸去來兮，吾歸何處，萬里家在岷峨。百年強半，來日苦無多。坐見黃州再閏，兒童盡、楚語吳歌。山中友，雞豚社酒，相勸老東坡。

云何。當此去，人生底事，

來往如梭。待閒看秋風，洛水清波。好在堂前細柳，應念我、莫剪柔柯。仍傳語，
江南父老，時與曬漁蓑。

「歸去來兮，吾歸何處，萬里家在岷峨」——生命意義的追尋，是一條漫漫長路，一旦踏上，再難回頭。雖自許「淵明前身」，但東坡終究不是陶淵明，他的性情決定了他雲水飛鴻般的一生。開頭幾句的悲涼悽惻，正是來自東坡自我省察後的無奈。陶潛昔日處於亂世，自認「性剛才拙，與世多忤」，「欲有為而不能」，為了忠於自己，他做出了自由意志的選擇，捨棄官職，歸隱田園。而東坡呢？縱使有心效法，卻也不可能做到。因為他可不是自由來去的小小彭澤令，此時，他仍是待罪之身，是被迫居於鄉野的謫宦之人，罪責未除，行動受限於黃州一處，來去只能聽憑朝廷決定。而他自幼成長的眉山老家，更遠在萬里之外，遙不可及，如何歸去？

被拘限的身體，無限遼闊的空間距離，使得時間推移的壓力更加沉重——「百年強半，來日苦無多」，四十九歲的東坡，若說人生百年，那麼差不多已過了大半，算算餘年，則繼來的日子其實也是所剩不多——詞寫到這裡，作者、讀者莫不感到生命的無可奈何……

更無奈的是面對不斷流逝的時間卻一無所成。「坐見黃州再閏」，無所事事的廢居黃州，眼睜睜的看著歲月更迭，轉眼間在此地竟已度過了兩個閏年（元豐三年閏九月、元豐

六年閏六月）。而就在這四年多的日子裡，家中的孩子慢慢長大，他們說的話、唱的曲子都是這兒的吳楚方言，黃州，已成了他們人親土親的成長處，四川眉山反倒只是個遙遠、陌生的地方。縱然是東坡自己，四年多的時間裡，由寓居定慧院到定居臨皋亭，躬耕東坡地，搭建雪堂，結交父老，他不也適應了這裡，甚至安之若素、怡然於此處質樸的山水人情。「山中友，雞豚社酒，相勸老東坡」——此刻，這些樸實的朋友準備了雞豬酒菜，既為我罪責減輕而歡喜，卻也依依不捨、殷勤勸我終老黃州莫離去——然則，不論東坡心意為何，留不留黃州，又豈是他能夠作主的呢？

「云何。當此去，人生底事，來往如梭。」在這離開的時刻，還能說些什麼呢？人生到底是為了何事，總是來去匆匆，無法停下腳步！詞篇至此，東坡筆下充滿了人生無常的感慨。但隨而筆鋒一轉，他說的卻是：「待閒看秋風，洛水清波。」安適閒情本在一心一念，不在一時一地，雪堂、赤壁固然令人留戀，但洛水清波不也是傳頌已久、詩人喜歡歌詠的地方嗎？昔往我因貶謫黃州，而有幸親炙此處的美好風光人情，那麼，離開這裡，我亦可懷抱著閒適心境，好好的欣賞另一片山光水色——心念一轉，遂覺海闊天空。生命縱然無常，卻也有希望無窮，若能隨緣自適，又何來憂懼呢？說不定他年功成名遂了，東坡雪堂又是歸老之處哪！所以詞末幾句，東坡要殷殷叮嚀：「好在堂前細柳，應念我、莫剪柔柯。仍傳語，江南父老，時與曬漁蓑。」雪堂前我親手栽種的幾株細柳生機盎然，願鄰里諸君都能因此記著我，不要剪去它柔嫩的枝條；而我也會惦記著大家，不時仍會傳話給各位，請你們常常代為晾曬我留下的漁蓑，說不定哪一天，我又能夠歸來與大家相聚。曾有的事物、曾有的情意，是不會因為離別便不復存在。也許，我們無法掌控生命裡無常的境遇，但我們可以珍惜生命裡許多美好的相遇，那是人事物之間溫暖的情意交流，因為真摯遂化為永恆的存念，不因無常離散而消失。

元祐四年（一〇八九），五十四歲的東坡重到杭州，擔任知州，兩年後，奉調回京出任翰林學士承旨。東坡與杭州有著深厚的緣分，三十餘歲、五十餘歲兩度治理此處、安家於此，對這兒的感情是不同於別處的。我們曾在第二講、第三講裡讀過多首東坡初任杭州通判時期的送別詞，充滿著「人生有別，歲月飄忽」的無奈感傷。而二度告別杭州，走過泰半人生，經歷生命中的晴陽風雨的東坡有了不一樣的心境。這一次離杭，他寫了一首〈八聲甘州〉送給方外好友參寥子：

有情風萬里卷潮來，無情送潮歸。問錢塘江上，西興浦口，幾度斜暉。不用思量今古，俯仰昔人非。誰似東坡老，白首忘機。　記取西湖西畔，正春山好處，空翠煙霏。算詩人相得，如我與君稀。約他年、東還海道，願謝公雅志莫相違。西州路，不應回首，為我沾衣。

參寥子是由秦少游引薦，於東坡徐州任上初次拜訪。兩人同為性情中人，遂一見如故，此後交往密切，情誼深厚，唱和頗多。元祐五年參寥子應東坡之邀，自於潛天目山來到杭州孤山主持智果精舍，如今，邀人者反倒要離去了。離開湖光山色、人文風物皆美的杭州，告別性情相投的知心好友，這一次，東坡又有不同以往的體悟。

〈八聲甘州〉以錢塘江潮水之來去起興，寫大自然亙古不變的變化（潮來潮往，日升日落），而面對這樣的尋常自然現象，我們不免容易生出「時光易逝、好景不常」的感受，這也是昔往東坡常有的時間憂慮。但現在東坡說：「不用思量今古，俯仰昔人非。」古往今來，在不斷流動的時間長河裡，萬事萬物總在變化，就在我們一低頭一抬頭的瞬間，原本存在的不見了，未曾有過的卻出現在眼前；「古」曾經是「今」，「今」亦終必成「古」，所謂「今古」，如何思量？對時間任何一刻的執著，無論長短遠近，都會使我們陷入相對的困局中，於是舊歡新怨不斷，頓生許多無謂的煩惱——若能參透這點，放下執著，泯除相對心，不再費神苦苦思慮，那麼，生活也就自在多了——五十六歲的東坡進一步說：「誰似東坡老，白首忘機。」誰像我這東坡老居士，以年歲經驗換來了人生的智慧，能隨緣自適，泯滅機心，把種種謀慮都忘去呢？能忘得失，超然物外，自然無懼於時間的變化，不再患得患失，而能行於所當行，止於所當止，行止之間來去自如。這一次離杭返京，東坡的內心是怡然自在的——這是他想要告訴好友的一點。

而他更想說的是，即使人生短暫無常，卻也有值得珍惜的事物；行跡離合間，也自有不變的情分在。「記取西湖西畔，正春山好處，空翠煙霏。算詩人相得，如我與君稀。」春日西湖空明青翠、煙雨霏霏的山水之美，將是他永恆的記憶；而更令人珍惜的是我們永恆的情誼，由古至今，詩人能夠成為知己好友、親密無間如你我一般的，實在是非常少見的呀！曾經用心用情的對待人事物，記取人間相遇的美好，此情此景也就長存心中，永恆不渝。

同樣長存心中的是四川的老家。一步踏出，從此已成天涯，在東坡的詩詞裡常見他的思鄉之情，然而現實上他卻也深知眉山故居恐怕只能是埋藏內心、永遠珍貴的年少記憶，而「歸鄉」、「返家」的真正意義，其實是為自己尋得心靈的安居處。他自黃州重返朝廷，在汴京時為柔奴而寫的〈定風波〉，藉由柔奴所說的「此心安處是吾鄉」，看到了單純的生命依循情感而行，安於所愛，遂不論身在哪裡，自能歡愉踏實。故鄉、家園從來不在遠方，當我們忠於自己無愧於人，坦然的心自然帶來安定平和的情緒，於是，不論外在環境、現實際遇如何，心靈總能感受著人情的溫馨美好，安然於自在的天地間。

對東坡而言，出仕與隱退始終並存在他的心中，前者是他身為知識分子、期許自我的人間職志，後者是他本然自由的心性，也是和弟弟、家人共同期待的幸福藍圖。而進退之間，或許不免身不由己，但無可否認的也有東坡的自我抉擇。如何在面對現實，有所抉擇，並接受命運的不完美之際，仍能保有內心的坦然自在？我們不妨來看看東坡的兩首〈如夢令〉：

為向東坡傳語，人在玉堂深處。別後有誰來，雪壓小橋無路。歸去，歸去，江上一犁春雨。

手種堂前桃李，無限綠陰青子。簾外百舌兒，驚起五更春睡。居士，居士，莫忘小橋流水。

由於用世之心仍在，「烏臺詩案」的重挫不曾熄滅他的熱情，因此，返歸朝廷，東坡一如既往，誠懇以赴。但現實的政治狀況並不盡理想，他雖受到重用，卻又屢屢與司馬光等舊黨人士政見不合，也遭到程頤等理學之士的排擠，心情不免鬱悶，對京官生涯頗為厭倦，不時浮起「不如歸去」的想法。這兩首〈如夢令〉便是寫於他擔任翰林大學士時的作品，抒發了他對昔日黃州歲月的懷念，表達了歸耕東坡之意。

「玉堂」就是翰林院，「人在玉堂深處」不只說自己身在翰林院，更藉「深處」二字強化了其中的幽深與精神上的不自由，那是一種身居要職卻有志難伸的窒礙感。這位處於玉堂深處的大學士想起了那片自己一鋤一鋤整理出來的東坡地——貶謫生活中自食其力的躬耕生活，反而讓心靈充實自在。而當他在翰林院感到孤獨的同時，少了他耕讀其間的東坡故地是否也淒冷荒涼？如同對故人說話，先問別後無伴的清冷寂寥，再溫馨傳去自己的心聲：歸去吧！歸去吧！江上春雨降下，正是犁地耕種的好時節——走出寒冬，迎接春光，東坡意欲翻動的是心田的覆土，期盼生命的苗芽得以滋養生長……

順著歸去東坡的想像，第二首〈如夢令〉寫的是東坡雪堂等地春末夏初的景物情事，既是舊日生活的回憶，也是今日現實苦悶生活中的憧憬，那如在目前的正是他心之所向的美好景象：暮春時節，親手種下的桃李綠葉成蔭，尚未成熟的青色果子掛滿枝頭，簾外百舌兒（鳥名）輕快的啼叫，一夜好眠的人兒方從酣睡中驚醒。這四句有聲有色，意象鮮明，自然而生動，也寫出了一種恬靜快適的心情。這些感官意識在回憶中一一被喚起，同時也喚起了那經過一番歷練而認識的真實自我：「居士，居士，莫忘小橋流水。」雖然選擇回到朝廷，雖然又陷入了紛紛擾擾的政局之中，但東坡在心靈深處保留著黃州自然恬淡的景致、悠閒純樸的時光，更深深記憶著那經歷苦難、躬耕自省、終而安然自適的自己。

雖然自許「淵明前身」，但東坡卻一直沒有毅然決然辭官歸故里。這一方面是因為他對於儒家「以天下為己任」的理想、「知其不可而為之」的精神，始終無法全然否定，信念也未嘗動搖，而他所處的時代，相較於陶淵明，也更為穩定且能讓讀書人有所作為。另一方面，身為蘇家長子、長兄，在簡樸、溫暖、平實的家庭中長大，東坡是責任心重、十分愛家的人，因此，追求夢想、堅持自我的同時，他自然無法罔顧現實處境與經濟狀況，任性行事。東坡確曾萌生辭退的念頭，也有著身不由己的悵然，回顧黃州歲月，本是獲罪謫居，沒想到最後卻成了心靈安歇的鄉居時光，只是，如今那一切也是「如夢」一場，難以重續……

但是，若從正面來看，「黃州」、「東坡」成了一種象徵，對於這個地方的思念與呼喚，正是對理想世界的永誌不忘，藉此便能指引心靈一個嚮往的歸宿，人生也就不至於徬徨無著，更可在接受現實之際，提醒自己時時保持「入其內又能出其外」的超脫心境，維護住靈明的心境。如果夢想不能脫離現實，何不將夢想帶入現實生活中，變成支撐自己的生命力量？在朝或在地方上任官的蘇軾，和在貶謫時以東坡為號的自己，其實可以彼此相容，並存於一個軀體中而互不矛盾衝突。當處於玉堂深處的蘇軾頻頻呼喚著「居士，居士，莫忘小橋流水」時，那質性自然、不受拘束的自我便在不知不覺中被喚醒了。於是，懷著閒適的心，面對現實的一切，即使必須在苦難中前進，也將會因為未嘗背棄自己，不曾忘記理想，因而內心充實歡愉，遂亦坦然自在，彷彿就在「小橋流水」的世界——這不是形體遠離塵囂便能尋得，這是白居易「中隱」所言「似出復似處，非忙亦非閒」的精神，也如陶淵明所體會的「結廬在人境，而無車馬喧」的意境。東坡往後依舊在人生的旅途中行行重行行，但他始終都沒忘記，也一直勉力讓自己安住心中這寬闊自在的天地裡。

（四）在愛中成長——東坡詞的現代意義

我們展讀東坡詞，跟著他的作品，開始了一段詞情之旅，隨緣悲喜，出入於〈江城子〉、〈水調歌頭〉、〈定風波〉與〈念奴嬌〉等作品裡，除了看見天才駕馭技巧的藝術表現，更可深入體察東坡的情意世界，了解東坡為詞的文學與人生意義，進而豐富我們自己的生命境界，讓我們知曉如何在人情世界中尋得心靈的安頓。

回顧我們讀過的名篇，東坡往往在其中展現了他個人的精神和意境。首先，令人印象深刻的是許多首詞中，面臨的、抒發的生離死別的哀歎。例如〈江城子〉，在這闋悼念亡妻的作品裡，東坡借年年明月寫出了無限哀悼之情：「料得年年腸斷處，明月夜，短松崗。」月明千里，松崗幽寂，死別的哀痛不在撕裂的錐心刺骨，而是在那無邊無際、俯仰之間、看似不經意卻永遠明朗清晰如月光的寂寞神傷。詞篇開端說：「不思量，自難忘」，表達的正是這麼一種看似普通卻又恆久的平常夫妻之情，是我們感情世界中的基礎——只要愛過，便永遠存在。

而在〈水調歌頭〉這闋著名的中秋懷念弟弟子由的詞裡頭，由明月觸發的離恨轉化為超曠的精神，可以看到東坡「以理導情」的努力。「起舞弄清影，何似在人間」，人間縱有諸多苦惱，但我們終究無法離世逃避，與其困縛其中，只是怨歎，或為掙脫不去，徒生種種悲憤，倒不如由衷的接受現實，在限制中真切領會自由的真諦，便可樂在其中，化人間為天堂。東坡可以說是具有「人而仙」的生命情調（相對於李白之「仙而人」），因為他的「人」的煩惱，可憑藉幾分「仙」氣而得到解脫。

我一直強調，東坡填詞乃源自「人生有別，歲月飄忽」之感，強烈的時空意識是東坡詞的主要特色，但更重要的關鍵是「東坡多情」的事實。詞之為體，以言情為主，而詞的抒情特質，主要就是以時空人事對照為主軸，在今昔、變與不變的對比下，緣於人間情愛的執著和對時光流逝的感歎，所謂羈旅之感、憂生之歎、失志流轉之悲等種種情思，就成了文人詞的重要主題。東坡詞在這些方面都有很深刻的體驗，而東坡能夠深化詞體的內涵，提升詞體的意境，則在於他體情的態度。

〈蝶戀花〉說：「牆裡鞦韆牆外道，牆外行人，牆裡佳人笑。笑漸不聞聲漸悄，多情卻被無情惱。」東坡詞中深切的表現出「多情的困惑」。一道牆分隔了佳人與行人，分隔了安居與奔波，分隔了無憂青春與疲累中年……東坡隔著牆，藉少女的笑聲喚起個人的情思，不知不覺沉湎於往日情懷，一旦醒轉，對照今日，江湖寥落，無所依歸，便會無端生出許多煩惱。可是，他心中卻也明白，這惱恨與牆內的青春笑語無關，歐陽修〈玉樓春〉：

「人生自是有情癡，此恨不關風與月」，人生在世，許多苦惱不都是源自一己的多情？

無怪乎〈念奴嬌〉要說：「多情應笑我，早生華髮。」當東坡反省過去半輩子的焦慮不安、困頓挫敗時，他深深體會到：這「多情」二字，恐怕正是重要的原因。因為多情，便有許多眷戀與執著；明知不可為卻為之，明知不應有卻難斷；遂弄得進也不能，退也不是；如此癡執，憂愁悔恨自是終身難免。情，帶給東坡的，是身心俱疲的創傷。然而，卻也因為「多情」，東坡在生命旅途的荊棘中奮力前進，始終無法放棄。於是，不願屈就的意志引領他深思、自省、體悟，從而成就了更完整的人生、更成熟圓融的生命意境。情，有其令人陷溺的一面，但它也是救贖的力量；人生不至於冷漠荒涼，就是由於其中總有人情滋潤。

說到詞中的情，我們往往容易先想到兒女柔情，不過，抒寫兒女柔情，並非東坡所長。東坡在詞中，更多時候面對、摹寫、抒發、調理的是人世間各種悲歡離合的情事。我們讀這些作品，會發現其中殊少過度悲傷之作，更多時候呈現出一種情理的融合——「情中有思」才是他的主調。也就是說，東坡填詞絕少深陷於情緒的愁苦鬱結之中，他能正視人間的悲喜情懷，入而能出，終而表達為一種曠達的胸襟。東坡的詞篇，見證了東坡出入於情的真切體驗。

東坡的學問，不論是其經史子集的見解或詩文寫作，往往多切人事，而他的詞亦因事緣情，即景述懷，既屬個人真情至性之表現，也有著普遍的人間意義。他的詞中所謂「也無風雨也無晴」、「人間有味是清歡」、「此心安處是吾鄉」等，並非抽象的概念，也不是哲理思辨所得的意境，這些無一不是他懷抱真情至性，從實際生活中體證的心得，根源處則是對人間情誼的信任與執著。

王國維《人間詞話》說：「詩人對宇宙人生，須入乎其內，又須出乎其外。入乎其內，故能寫之。出乎其外，故能觀之。入乎其內，故有生氣。出乎其外，故有高致。」東坡寫作詞篇，就是能「入乎其內，出乎其外」，所以感慨深、眼界大、意境高。因為重情，東坡便能真誠的面對一己的情傷，勇於擔負人情的責任，故能「入其內」；而憑藉他的性情、學問、襟抱以及達觀的態度，自然有其超曠之體悟，因此也就可以「出其外」。

東坡「以詩為詞」、「以理導情」，就是能由「詞」「情」的體性走向「詩」「理」的意境發展，「指出向上一路」，充分展現了「曠」的精神。而所謂「曠」就是一種「由窄往寬處去看」的人生態度，表現為文則是一種「由窄往寬處去寫」的創作方式。東坡以此拓寬了詞情，同時也解放了文體，在限制中實踐了自由的精神。這種面對生命的態度，這樣創造的勇氣，帶給後人許多啟發。

恩斯特・卡西勒（Ernst Cassirer）〈藝術的教育價值〉說：「藝術是一條通向自由的道路，是人類心智解放的過程；而人類的心智解放則是一切教育的真正的終極目標。」東坡為詞，那種知而好之、好而樂之的精神，散發著極為動人的感染力量，其所帶來的詞學效應，是可以想像得到的。我們探索東坡詞時，自不能忽略此一超乎文體形貌的人文本質。我們讀東坡作品，能讀到一種情理跌宕的姿態、一種生命境界的開拓，並深切的體會到此乃緣於對生命的熱愛與敬意。而我們觀察東坡的創作歷程，則可以深一層的認知一種抒情文體與作家內在生命的緊密關係，同時，也親切的感受到一個偉大心靈的躍動。

詩詞的詮釋，是以情感喚起情感的過程，也是一種觀察、發現進而創造意義的活動；作者以情入詩，讀者緣情興感，共同體證人情的美好——文學永恆的意義，就在當下的意識，以情感喚起情感的過程下完成。昔日東坡以情入詞，現在我們以情讀詞，就在情的呼應下，東坡與你與我超越了時間，在此刻相會，這是多麼美好又神奇的事。

在東坡詞的課堂上，我總是告訴學生：「讓我們與東坡一起走一趟回家的路吧！」我們閱讀東坡詞，隨他走一段風雨路途，知曉他在時光流轉中與我們一樣憂恐不安，感受他多情生命裡脆弱又堅韌的一面，然後，看他如何發現生命的光彩，並隨他歸返心靈的家鄉，重新領受人間情意之溫馨——這樣的過程裡，我們不知不覺的反照自身，檢視生命中的喜樂哀怨，甚且探索內心的憂懼孤獨；而也因著這樣的旅程，我們認識東坡，認識詞的美麗與多情，認識不自我設限的心靈可以是多麼的自由寬闊，進而我們有了更多的勇氣去探索人生的無限可能……

生命並不完美，人生總有缺憾，然而，當你認真面對自己，面對生活，勇於去愛，勇於承擔，你便在生命的局限之中，擁有了屬於自己的自由心靈——這是東坡與他的詞作給予後人的禮物，是東坡詞的現代精神，領受這份禮物，承繼這樣的精神，需要閱讀、感受、沉思、自省，更需要坦開胸懷、邁開腳步，真實的走入風雨晴陽之中……

闔上東坡詞，打開你敏銳的心靈，用心的去感受天地萬物，用心的去面對人間情誼吧！

國家圖書館出版品預行編目（CIP）資料

東坡詞．東坡情／劉少雄著．-- 初版．-- 臺北市
：遠流，2019.09
面； 公分

ISBN 978-957-32-8627-1(平裝)

1.(宋)蘇軾 2.辭賦 3.宋代文學 4.文學評論

852.4516 108012917

東坡詞．東坡情

作者／劉少雄
整理／林玟玲

總監暨總編輯／林馨琴
校對／楊伊琳
企畫／趙揚光
封面設計／海流設計
內文排版／中原造像 魯帆育

發行人／王榮文
出版發行／遠流出版事業股份有限公司
104005 台北市中山北路一段 11 號 13 樓
電話：(02)2571-0297 傳真：(02)2571-0197 郵撥：0189456-1
著作權顧問／蕭雄淋律師
□ 2019 年 9 月 1 日 初版一刷
□ 2022 年 10 月 1 日 初版二刷
定價／新台幣 380 元

ISBN 978-957-32-8627-1
遠流博識網 http://www.ylib.com E-mail: ylib@ylib.com